みんなのお墓

吉村萬壱

徳間書店

みんなのお墓

装幀　鈴木久美
装画　三好愛

一

木村麻奈《きむらまな》は夕方の歩道を歩いていた。

デッキシューズの中は裸足で、砂粒が右足の親指と人差し指の間辺りにある気がしたが、踏んだと思ったらどこかに消えてしまい、本当に靴の中に砂粒があるのかどうか確信が持てなかった。もし砂粒が右の靴の中に入っているとすれば、それはさっき歩道で立ち止まって右足だけデッキシューズを脱ぎ、裸足で敷石を踏みしめた時に足の裏に付着したものに違いなかった。

右足だけ裸足になった時、歩道の敷石はまだ昼間の温もりを残していた。木村麻奈の足はそれまでに靴の中でうっすらと汗ばんでいたから、片足立ちになって足の裏を見ると砂粒が幾つもくっ付いていた。それを掌《てのひら》で叩くと拍手のような音がした。車の途切れた県道の反対側の歩道には、犬に散歩させられている初老の女がいた。その初老の女は木村麻奈が足の裏を叩く音に反応して、こちらに向かって顔を上げた。リードは一杯に伸びていた。犬は短い白毛の雑種で、牛蒡《ごぼう》のように細い尻尾をピンと立てて揺らしている。鈍い足取りの女主人を懸命に引っ張る犬の喘息《ぜんそく》のような荒い息が、道を隔てた木村麻奈の耳にもはっきり聞こえた。木村麻奈はリズミカルに足の裏を叩いた。そのリズムは「早くおいで」と子供を呼ぶ母親の手拍子のようだったが、初老の女は早足になるどころか寧《むし》ろ立ち止まり、木村麻奈の方をじっと睨《にら》み付けてきた。犬はピンと張ったリードの先で右往左往している。赤信号から解放された車の列が流れてきて、二人の女はトラックやバスによって隔てられた。木村麻奈のブルーのロングワンピースのスカートが、走り去る車の立てる風を受けて膨らんだ。彼女は右足にデッキシューズを履いて歩き出し、初老の女は犬に引っ張られながら移動を始めた。そうやって二人は互いに遠ざかっていった。

それが十分前のことである。

猛烈に暑かった夏がそろそろ終わろうとしていた。九月の終わりまで猛暑日が続き、十月に入って漸《ようや》く秋の気配が感じられるようになると、熱中症になる危険は去ったと判断した人々は夕方の散歩の習慣を取り戻した。

県道沿いの歩道では、ウォーキングをする何人かの老人達と擦れ違った。ジャージではなくロングワンピース姿の木村麻奈は三十四歳で、それぐらいの若さの女性が相手なら十人並みの容姿でも満足して、あわよくば何か喋《しゃべ》ろうと舌先で唇を湿らせる暇な老人達も、極力人と目を合わせずに足早に歩く彼女に話しかけることはなかった。

県道沿いの歩道を東に進むと、やがて南北に走る国道にぶつかった。国道の交差点を渡って更に東進するとホームセンターがあり、そのホームセンターを左手に見ながら歩いて行くと、急に人通りの少ない淋しい場所に出た。地下道を潜《くぐ》った先には墓地があり、斎場があり、古義川沿いに建つ精神科病院「ナジャ病院」がある。見る間に日が沈み、あちこちに夜を先取りする黒い闇の領域が、まるで動物の掘った穴のようにポッポッと現れ始める時間帯だった。

この辺りではこの場所が、どこよりも夜が早い。

周囲の仄暗《ほのぐら》さとは対照的に、目の前の地下道の中が明るい黄色の光に染まっていた。

その黄色の中をノーブレーキで坂を下って来て、その勢いのままこちら側の坂を上がって来る一台の自転車があった。隣町にある体育大学に通っていそうな、丸刈りで熊のような体付きのその青年は、坂の途中で惰力が尽きるとサドルから腰を浮かせ、全体重を乗せてペダルを踏み込んだ。自転車のライトが左右に大きく揺れる。地下道を上り切って目の前に現れた青年は耳に白いワイヤレスイヤホンを挿していて、その視線は木村麻奈を素通りしてどこか遠くの一点を見定めていた。彼は擦れ違い様に「ダァ」という声を上げて荒い息を吐いた。

自転車のライトが通り過ぎると、彼女の顔は一層の翳《かげ》りを帯びた。

木村麻奈が振り返ると、遠ざかっていく青年の後ろ姿は見る間に小さくなり、それはやがて彼が凝視していた一点へと吸い込まれてしまうように思われた。

地下道の坂を下って行くと、デッキシューズの右足の親指が、どこかに隠れていた砂粒を踏み、刺すような痛みを覚えた。

木村麻奈はロングワンピースのスカートを両手で摘まみながら、膝上まで持ち上げて歩いた。

坂を下りつつ足を踏ん張る度に彼女の脹脛《ふくらはぎ》は緊張して丸くなり、その筋肉の盛り上がりは足を浮かせると白い皮膚の中に溶け込むように消えた。

黄色い地下道の天井の隅々にへばり付いている綿菓子のような蜘蛛の巣は、シャンデリアのクリスタルビーズの飾りやレースのカーテンに似ていなくもなく、彼女が裾を摘まんで歩いている様は舞踏会へ向かうシンデレラを思わせたが、彼女自身は映画や絵本でシンデレラをちゃんと見た覚えはなく、それでも明瞭にイメージ出来るところが有名な作品の有名たる所以《ゆえん》かも知れなかった。

地下道の中が黄色い灯りに照らされている理由は、彼女には謎だった。

地下道を抜けるとすぐ左側に、夕闇に沈んだK市営の共同墓地が見える。

木村麻奈は迷いなくその墓地の敷地内に足を踏み入れた。

正面に赤い前掛けを垂らした地蔵が出迎え、その右側に公衆便所、左側に水場がある。水場はスレート屋根の小屋で、水道の蛇口の横にバケツや柄杓《ひしゃく》、雑巾などが整然と並べられていた。木村麻奈は蛇口の栓を捻《ひね》り、出てきた水を片手に受けた。濡れた掌を鼻に近づけて匂いを嗅ぎ、舌先でペロッと舐める。木村麻奈は濡れた掌で首を撫で回し、墓石の森の中へと入って行った。墓参の人々に踏み固められた参道は、磨かれた廊下のように硬く光っている。墓地の奥へ行くに連れて、車のエンジン音や遠くの電車の音が遠ざかっていった。

突き当たると参道は、墓地の外周を巡る東回りと西回りの二手に分かれた。彼女は右折して東回りの参道を行き、暫《しばら》くして立ち止まって周囲を見回した。蚊の羽音が眉間の辺りを過《よ》ぎって行き、彼女は咄嗟《とっさ》に首を振ると両足のデッキシューズを脱いで裸足になった。

ひんやりとした土の感触が足裏に伝わる。

そして、「内藤家之墓」と記された誰のものか分からない墓石の脇に一足の靴を隠して、墓地の外周を巡る参道を更に進んだ。墓地には誰もおらず、監視カメラもない。木村麻奈は立ち止まり、聞き耳を立てた。それから両手を胸の前に持っていき、何かを考えるような顔をした後、ロングワンピースの前のボタンを上から順に外し始めた。ボタンは全部で七つあった。七つ目のボタンを外し終えると体の前面が直接外気に晒《さら》され、それを合図に木村麻奈は大きく前をはだけた。ロングワンピースの下は何も身に着けておらず、正面から見ると肩以外は殆《ほとん》ど全裸だった。彼女はその状態でズンズン歩いた。

服には常に肩の問題がある。

肩をはだけることには、前だけでなく後ろからの視線にも全裸であることが悟られてしまうことを意味した。しかしこの時点で既に、このミッションのどこかの段階で必ず肩をはだけることになるのは彼女には分かっていた。引き返したり、途中で中断することは考えられない。なぜならもう始まってしまったからである。止められるならもっと早い段階で、即ち家を出る前、ロングワンピースを着る一つ手前の、下着を全部脱ごうとした段階で止められていただろう。

外周参道の三つ目の角を曲がった時、表の道から生垣によって隔てられた参道の行く手に、赤い前掛けの地蔵堂の側面が見えた。夢中で歩いている内に、いつの間にか墓地の東半分を一周して墓地の入り口付近に戻ろうとしている。生垣の隙間から誰もいない歩道が見えていた。木村麻奈はロングワンピースの前を合わせ、地蔵堂を目指して爪先立ちで早歩きになった。そして歩道に人がいないことを確認して前をはだけ、勢いに任せてロングワンピースをずり落として両肩を露わにした。

心臓の鼓動が乳房を突き上げた。

地蔵堂に辿《たど》り着き、中央の参道を再び墓地の奥へと向かう。その時にチラッと見た公衆便所と水場に人影はなかった。参道の突き当たりに達して角を右折した拍子に、木村麻奈はロングワンピースを脱ぎ去って全裸になった。その場所からは、離れた場所の民家の二階の窓が見えたが、向こうから見た墓地は暗く、彼女の真っ白な裸体も闇の中に沈んでいるに違いない。

デッキシューズは元の場所にあった。彼女は抱え持っていたロングワンピースを丸めてデッキシューズの上に置くと、今来た参道を引き返し、今度は墓地の西半分の参道を歩き始めた。生垣の向こうには町工場が覗《のぞ》いていた。それは地下道の入り口に面して建っている。その工場が既に終業していることは、地下道に入る前に確認済みだった。

歩調に合わせてリズミカルな生のオナラが出た。

墓石に刻まれた文字には、「先祖代々之墓」「南無阿弥陀佛」「○○家之墓」というものの他に、「和」「絆」「道」という一文字だけのもの、「ありがとうさん」「心安らかに」などがあった。木村麻奈はそれらの言葉を極力頭に入れないようにした。

墓石の殆どは長方形で、都会のビルのようだった。

そんな中、参道沿いの一基の墓に目が留まった。その墓石にはまだ文字が刻まれておらず、その新しさに引き寄せられて木村麻奈はその前に跪《ひざまず》いた。その時、今まで激しく鳴いていたコオロギの鳴き声がピタリと止んだ。

空に月はなかったが、星は幾つか出ていた。

ふと見ると、コオロギは彼女が地面に突いた左膝の下敷きになっていた。

木村麻奈は煎餅となったコオロギを膝から叩き落すと、墓の両側から突き出た袖石の一つに顔を近付けてその大理石に頬擦りした。そして舌を伸ばして大理石の角を舐めた。砂埃の味がした。袖石の角を唾液で濡らすと、彼女は不自然な姿勢になって袖石に覆い被さり、角に自分の股間を押し付け、微妙な位置調整を施した後、ゆっくりと、そして次第に乱暴に腰を振り始めた。

袖石は硬さと滑らかさを併せ持っていた。

高まりが、上ってきた。

木村麻奈は白目を剝き、「ゴッ」と喉を鳴らして動きを止めた。尻の肉が微《かす》かに痙攣《けいれん》した。

どこかで別のコオロギが鳴き、遠くで車のクラクションの音がした。

目の焦点が合ってくると、周囲の墓石が揺れているように感じた。

背中がチクッとした。

蚊に食われたらしかった。

木村麻奈は袖石に凭《もた》れかかり、背中に手を回した。すると嚙まれたポイントに手の爪がピタリと当たり、搔くと声が出るほど気持ち良く、薄皮が剝けるほど搔き毟《むし》った。一旦火が点くと止められなかった。搔きながら、また長い屁を放った。

その時、墓地の公衆便所と水場の方角から人間の立てる物音がして、彼女は固まった。何をしている音かは分からなかったが、犬や猫やイタチやアライグマは、あんな物静かな音は立てない。大事を取ってロングワンピースと靴の場所に戻ることが最善の策に思われたが、彼女はそこから動かず、袖石を抱いて腹筋に力を込めた。

公衆便所と水場の音が止み、静寂が訪れた。

彼女は下腹部を袖石に強く押し付けたまま腰を回して円を描き、息を止めては吐くことを繰り返した。袖石に押されて白い腹が大きく凹み、突っ張った脚の爪先が地面を搔き、指の股に土が入った。

その時、参道を歩く足音が聞こえた。

その靴音は、墓地の中央の参道を通って確実に近付いて来た。それはつまり、墓地の西側の参道沿いにいる彼女と、ロングワンピースとデッキシューズとを置いてある墓地の東側との丁度中間に、その人物が到達しつつあることを意味した。もし靴音が西回りの参道へと曲がって来たら、確実に見付かってしまう。出来ることはただ一つ、この場所からすぐに逃げることだった。彼女は息を止め、そっと体を起こして靴音の方を窺《うかが》った。その瞬間、肛門からビー玉大の大便が二粒、連続して噴き出した。彼女は慌てて蹲踞《そんきょ》の姿勢を取り、背中を丸め、自分の口を手で押さえながら強くいきんで脱糞した。車の発炎筒ぐらいの真っ直ぐの便が二つのビー玉大の便の間に落ちて横たわり、「小」の字を形作った。木村麻奈は息を殺した。続けて小便が出た。放たれた尿は次第に勢いづいて土を穿《うが》ち、ジョボジョボと音を立てた。急いで体の向きを変えると尿は袖石に当たって跳ね返り、内腿を濡らした。

　木村麻奈はゆっくりと袖石から体を離し、地面に転がった罰当たりな大便と、小便の池を眺めた。それからゆっくりと墓の間を縫って移動し、闇の中に沈み込んで墓石と同化し、全身を耳にした。確実に彼女へと迫っていた足音は、暫くすると今度は逆に遠ざかり始めた。木村麻奈は中腰の姿勢で墓石の迷路をジグザグに進み、何度か顔を上げては足音の方角を覗き見た。その時、チョッチョッと虫の鳴き声のような音がして、墓石の隙間に一瞬だけ闇の中を過ぎる太った男の黒い影が見えた。墓守だろうか。その影は確かに、墓地の参道を彼女のいる場所とは反対の東の方角へと遠ざかって行くのである。彼女は左手で首の蚊を押さえ、右手で軽く肛門に触れ、指先の匂いを嗅いだ。この指を洗うには、墓守男が水場に戻って来る前に、墓地の西側を斜めに突っ切って水場へと先回りすることが必要だった。しかし実際はそんな必要はなく、墓守男が墓から完全に立ち去るまでここでじっと身を潜めていればよかった。にも拘《かか》わらず彼女は駆け出した。足元の見難い中、形状や大きさの違う墓石の間を頭を低くして走り抜ける木村麻奈の姿は、さながら女天狗だった。足の裏は幾つもの小石や小枝、金属片、虫などを踏んでいたが、それを彼女がいちいち自覚することはなく、その柔らかな足裏が傷付くこともなかった。

まんまと墓守男より先に水場に着いた。

公衆便所には小さな灯りが点《とも》っていたが水場は暗く、闇の中に雑巾やバケツが、離れた場所の街灯や近所の家々の窓灯りを受けてぼんやりと浮かび上がっていた。木村麻奈は蛇口の前に腰を下ろし、栓を小さく捻った。シューッという音と共に細い水が垂れ、まず手を荒い、次に恥骨を前に突き出して濡らした。冷たさが、股間から尻を伝って足首に達した。その水で彼女は性器と肛門を洗い、蛇口に体を近付けて鎖骨や腹を濡らしながら右乳首を捻り上げて熱い吐息を漏らした。コンクリートの囲いから伸びた高さ一メートルほどのこの一本の水道がある限り、墓地の土の上でどんなに転がり回ったり、どんなに体を汚したりしても綺麗に体を洗い流すことが出来る。墓地はここ一ヶ所だけでなく少し離れた斎場の脇にもあったが、そちらの方は街灯の光に照らされてこちらよりかなり明るい上に監視カメラの存在が危惧された。

まだ微かにウンコ臭さが残っている指を、彼女は舐めた。

ふと見ると、床の上をダンゴ虫が二匹這《は》っている。目を凝らすと、床に伏せられたバケツの脇に脚を畳んだ仰向けのアシダカグモの屍骸が転がっていて、それがダンゴ虫の今夜の夕食らしかった。

　木村麻奈はじっとコンクリートの床を見詰めていたが、やがてゴロンと仰向けに寝転がった。床の砂や小石が腰骨や肩甲骨に当たって痛かったが、そのまま両脚を高く掲げて腿と腿とを擦り合わせながら、右の乳首を摘まんでダイヤルを廻すように右へ左へと捻り回した。仰向けになって初めて、水場の天井から裸電球が一つぶら下がっていることに気付いた。それが今にも点灯し、自分の裸がくっきりと照らし出されるのではないかという恐怖が芽生えた。それと同時に、人々が日々風呂場で体を磨く本当の目的は何なのだろうかという考えが、一瞬頭を過ぎった。

　その時、すぐ近くで物音がしたので彼女は飛び起きた。その瞬間、尾骶骨が小石に乗り上げて心の中で悲鳴を上げた。首を伸ばして音の方を窺うと、公衆便所の中に入って行く墓守男の後ろ姿を確かに見た。かなり大柄で肉付きのいい男である。その男がチョッチョッと音を立てて歯を吸った。彼女は仰天し、忍者のように片膝立ちの姿勢になると、次の瞬間には水場から飛び出して墓の森の中へと姿を消していた。

　こちらの存在には少しも気付いていない男がすぐ傍にいて、何か自分のことをしている。何をしているのか分からないが、こんな暗い時間にしなければならない墓守としての仕事があるとすれば、それは一定の重要性を持つ仕事に違いないと思われた。

墓守男が歯を吸うチョッチョッという音が、頭にこびり付いて離れない。

今は、脱ぎ捨てた服と靴とを取り敢えず再確認しておくことが最も重要だった。彼女は本能的に最短コースを選んで、その場所へと向かった。

参道から外れてショートカットし、記憶していた筈《はず》の場所に辿り着いた。

しかし置いた筈の場所に、ロングワンピースとデッキシューズはなかった。

参道に沿った「内藤家之墓」という墓石の横、参道から死角になっているこの場所に間違いはなかった。木村麻奈は「内藤家之墓」と彫られた文字に指を入れたり、掌で墓石をぴしゃりと叩いたりした。近くの墓もチェックしてみたが、見付かったのは、雑草の間に落ちていたぺしゃんこの腐りかけた野球帽だけだった。

墓守男が墓の清掃の一環として、彼女の服と靴を持ち去ったのだろうか。だとすればすぐに引き返し、裸体のまま墓守男に謝罪して、服と靴とを返して欲しいと懇願するしかないと思われた。弱みに付け込まれて性的な悪戯《いたずら》をされるというような、そんな三文エロDVDのような展開は恐らく現実には起こらない。それよりもあり得るのは、市役所や警察に丸投げされてしまう可能性だった。

飛ぶように水場に戻ったが、公衆便所にも、その周囲にも墓守男の姿はなかった。

誰の物かも知れない女物の服や靴を持ち帰るとも思えず、どこかにゴミ箱はなかったかと探す。地蔵堂の裏に身を隠して歩道の方を見遣ると、記憶の通り円筒形の網のゴミ箱が置かれていたが、そこにロングワンピースやデッキシューズが投げ込まれている気配はなかった。裸の尻を、漸く訪れた秋の冷えた風が撫でていく。

地下道の中の黄色が一層濃く見えた。

木村麻奈はこの時初めて、黄色は暖かい色だと思った。そして同時に、自ら服を脱ぐことと、望まずして服を持たないことの決定的な差を思った。

家までは二キロ以上ある。家の鍵は庭のペチュニアの鉢の下だ。

「済みませーん！」

木村麻奈は地蔵堂の裏から自棄《やけ》気味の叫び声を上げた。

重い沈黙があった。

「済みませーん！」もう一度叫んだ。

すると数秒後に、どこか遠くの闇の中から「あーっ？」という老人っぽい声が応じた。それはどう考えても墓守男の声ではなく、それと同時にパタパタと走って来る音が聞こえたので彼女は首を竦《すく》め、猛スピードで墓地の中へ引き返して墓石の陰にしゃがみ込み、息を殺した。

すると次第に頭の中が、このままの格好でもう一ヶ所別の場所、即ち精神科病院の横の川へと移動する計画で一杯になっていった。

二

最寄りの駅と家の間に市営墓地はあった。

地下道を出ると空気がより一層冷たく感じた。

その日は急に冷えたせいか、会社を出る時に済ませたにも拘わらず再び尿意を催し、内藤《ないとう》暁《あきら》は家の墓がここにあるという気安さから、墓地の公衆便所を借りることにした。それまでも、飲み会の帰りなどに何度か利用させて貰ったことがある。

公衆便所の蛍光灯は黒く煤けてぼんやりとしか灯らず、小便を放つと耳元を蚊の羽音が過ぎった。

放尿していると、ふと「小便が出ない」と言っていた生前の父のことを思い出した。

腎臓病を患って人工透析を受け続け、晩年の父の腕の血管は万年筆ほどの太さになっていた。ある日、晩御飯に唐揚げを食べた父は、気分が悪くなって嘔吐した。翌日も調子が戻らず、透析を受けていた「尾割病院」に入院する。するとそこで心臓停止したので別の病院のＩＣＵに運ばれ、心臓のバイパス手術を受けたがその後も心停止を何度か繰り返しながら、その日の内に死んだ。死因は多臓器不全とされた。

せっかちな父らしい、あっと言う間の死だった。

内藤暁は小便を済ませると水場で手を洗い、せっかくだから幼くして死んだ兄と父親の眠る墓に寄って行こうと考えた。一旦はバケツや柄杓を手に取ったが、暗い中で墓参りでもあるまいと思い、手ぶらで向かった。

夕闇の墓地は思った以上に静かで、二度ほど頬の産毛が立った。

「内藤家之墓」はいつものようにそこにあった。

内藤暁は手を合わせて頭を下げ、定年までのあと半年間を無事に勤め上げられますように、と祈った。墓に入ってまで子供に頼みごとをされるのでは安らかに眠るどころではないだろうという気もしたが、退屈を嫌う父には何かやる事があった方がいいに違いない。

生まれて九時間で死んだという幼い兄は、そんな父の膝元で遊んでいるのだろう。

その時、墓の横の地面に、丸められた布が置かれていることに気付いた。掌を乗せてみると心持ち膨らみを帯びていて、そこに置かれてから余り時間が経っていないように思われた。手に取ってみると女物の服で、表面は冷えていたが内側には若干の温もりが残っていた。鼻を近付けると、薄っすらと土埃と油の交じったような匂いがする。

内藤暁は咄嗟に周囲を見回した。

墓は静まり返っている。

広げてみると丈の長い青色のワンピースだった。隠してはいたが女好きだった父が、あの世から誰かを呼び寄せたのかも知れないと彼は思った。昔の女が、父が気に入っていた服を墓前に供えに来たのか。そう考えた時、内藤暁は今日が父の誕生日ではなかったかという気がして、腕時計の日付を見てみたが暗くてよく見えなかった。今日の精確な日付を知らぬまま一日働いていた内藤暁は、今日が何日であれ、父の昔の女が父の墓参に来たに違いないと思った。

女は自分の体の温もりを添えるという、ちょっと洒落た真似をしたかったのだろうか。しかしそれは余り良い趣味とは言えない気がした。あるいは水商売の女なのかも知れない。母には頭が上がらない振りを生涯貫いた父だったが、家の外では意外にもてる男だったらしく、それは昔から、酒を介した男同士の会話の中で何となく感じていたことであった。

どういう事情でこれがここに置かれているにせよ、自分には関係のないことだと彼は思った。帰ろうとしてワンピースをクルクルと丸めて元の場所に戻そうとした時、地面に揃えられた一足の靴に目が留まった。彼はその靴を拾い上げて顔に近付けた。この靴もまた、さっきまで誰かが履いていたような膨らみと、汗のような匂いを伴っていて、まだ充分に「生きて」いる感じがした。

ふと視線を感じて彼は振り返り、背後に立つ傾《かし》いだ卒塔婆と目を合わせた。

父は生きていれば九十歳になる。この服と靴とを父の墓に供えた女は、恐らく八十歳前後の老婆であろう。そんな老婆が身に着けていたワンピースと靴が、内藤家の墓の脇の地面に置かれている。しかし最初単純に供え物だと思われた服と靴は、実はもっと汚れた何かかも知れない気がしてきた。父に対する恨みの表れとして見れば、そう見えないこともない古臭い色とデザインのワンピースと、履き古された靴。果たしてこんなものが、想いを寄せる大切な人の墓への供え物と言えるだろうか。

寧ろ呪物なのではないか。

そう考えると墓を穢《けが》された気がして腹立ちすら覚え、内藤暁は周囲を見回し、闇に向かってきつい視線を送ると、ワンピースと靴とを抱え持ったままその場を後にした。

彼は墓地の東半分を外周する参道を歩きながら、この呪物をどうするかを考えた。持ち去ったり処分したりすれば遺失物横領になり、それは望むところではない。自分の家の墓に不法投棄されていた物として、取り敢えず墓地に保管しておいて貰うというのが順当なところだと思った。しかしこの市営墓地に管理人はおらず、迷った末、彼は公衆便所の掃除道具入れの中にこの不潔な呪物を突っ込んでおいた。あとのことは市の職員に任せればよいと都合よくそう考え、さっさと市営墓地から立ち去った。

家に向かいながら、彼はしかし何か釈然としないものを感じた。老婆にしてはワンピースも靴もサイズが大き過ぎるのではないか。もし服と靴をその場で脱いで墓の脇に置いたのだとすれば、老婆は別の服を着、別の靴を履いて立ち去ったことになるが、八十歳の老婆がそんな手間のかかる真似をするだろうか。もし呪物のような子供騙しを老婆が真剣に行ったのだとすれば、これに対する最も合理的な説明は彼女が認知症であるということだ、と彼は思った。

「気持ちの悪い話ね」

夕食時、内藤暁の話を聞いた妻の美佐代《みさよ》がそう言った。美佐代は暗い時間帯に、特に市営墓地の辺りには近付かないように心がけている。ホームレスの老人に不意に声をかけられ、仰天して大急ぎで逃げた経験が決定的だったらしい。

「もし殺人事件だったらどうするの？」

「そんなこと、有り得ないだろう」

「何が起こっても不思議じゃない時代ですよ」

「殺された被害者の服だったたって言うのか？」

「それは分かりませんけれども」

妻の様子がどこかおかしいと内藤暁は感じた、その違和感が何なのか分からないまま、いつものように夕食をがっついた。

「もっと良く噛んで、ゆっくり食べて下さい」

「分かってる」

食事が終わり、美佐代が流しに立ってフライパンを洗い始めた。内藤暁がいつものようにテーブルの上の食器を流しに持っていこうと彼女の茶碗に手を伸ばしかけた時、さっきからチラチラと彼の方を窺っていた美佐代が「そのままにしておいて！」と言った。

「大丈夫、持って行くよ」

「いいから置いといて下さいっ」

どうやら彼女は、自分の食器を彼に触って欲しくないのである。つまりそれは、誰の物かも分からない女物のワンピースと靴に平気で触れられる内藤暁の無神経さに彼女が耐えられないという、いつものあれだったことに彼は気付いた。

「石鹸でしっかり手を洗ったんだがな」

「そういうことではないです」

美佐代の潔癖は若い頃からで、今回のようにちょっとしたことをきっかけにして怒りが新たな爆発力を帯びて噴出するのを、彼はこれまで度々経験してきた。すると歯が痛くなり、内藤暁はチョッチョッと歯を吸って自分の胸を叩いた。時々、歯痛と連動するように胸の痛みに襲われる。心臓だろうか。すぐに痛みが退く時もあれば、冷たい水を飲むまで治らないこともあった。この時はすぐに治まった。

「大事な墓だからな」

「私はあそこには入りませんからね」

「ふっ」

内藤暁は軽く笑った。

父も母に対して、よくこんな笑い方をした。

流しで神経質に食器を洗う美佐代に背を向けて横になり、暫くの間どうでもいいテレビ番組を観ながらウトウトした後、シャワーを浴びた。内藤暁は、浴室の鏡に映る自分の体を見た。体重は年々増え、今は九十キロ近い。通勤と社内の移動で、毎日九千歩以上歩いている。しかしそれは焼け石に水で、食欲が止まらない。昼の中華の出前、コンビニ弁当、菓子パン、ストレスからのドカ食い、毎日の晩酌、飲み会での痛飲。いつ襲ってくるか分からない大病の前に、食べたいものを食べられる内に食べられるだけ食べておきたいという気持ちが勝って、食生活は一向に改善する気配がない。

欲望の際限なさは、父親譲りかも知れなかった。

冷たくなった父の死に顔が目に浮かんだ。

美佐代は、口では夫のコレステロールや血糖値の高さを気にしていることを言いつつ、食卓には脂っこい料理を結構平気で並べるようなところがあった。

味が良いので彼に文句はない。

内藤暁は頭にシャンプーを垂らして洗髪しながら、牛のようなゲップをした。すっかり薄くなった髪は余り泡立たない。目を閉じると、青いワンピースと靴の映像が浮かんできた。

その時、風呂場のルーバー窓の羽板の隙間から、誰かの怒鳴り声が聞こえた気がした。

内藤暁は湯でサッと頭を濯《すす》いで泡を切り、シャワーを止めて耳を欹《そばだ》てた。

気配に気付いてふと見ると、いつの間にそこにいたのか、浴室ドアの樹脂パネルの向こうで中腰になった美佐代の影が、まるで田植えをする農婦のように何かをしていた。脱衣所のチェストの下段に下着を詰めているのか、洗濯物を洗濯籠から取り出して洗濯機に移しているのか、何かそんなありきたりなことをしているらしかったが、彼はその動きが何をしているのかを確定することがどうしても出来ない気がした。ドアを開けて確かめてみれば済むことだったが、なぜかそれは憚《はばか》られる。影はお尻を若干こちらに向けていて、頭部ははっきり確認出来ない。

妻の頭はちゃんと付いているのだろうか、と彼は思った。

寧ろお尻の方が頭なのではないかという気がして、ならばそれは初めて見る生き物だった。

風呂から出てコップ一杯の水を飲み、体重を量ると驚くべきことに九十一・五二キロという最高体重を記録していて、内藤暁は美佐代に一言言い置いて発作的な深夜のウォーキングに出た。

「こんな時間にまたですか？」と彼女は言った。

「この時間のウォーキングは効果があるらしいからな」内藤暁はでまかせを言った。

今までもこういう子供っぽい真似を度々繰り返していて、美佐代はどこか見透かしたような顔で夫を送り出した。

少し冷えるので長袖の薄いジャンパーを引っかけ、ポケットにはスマホと財布を突っ込んでいた。街灯や自動販売機の光で財布の中身を確認し、歩きながら店に電話を入れた。

歩調はどんどん速くなった。

三

ショッピングモールのフードコートでスナック菓子を分け合いながらジュースを片手に、クラスの各班に割り当てられた課題に取り組んでいた四年B組3班の四人の女子児童達の集中力は、揃って切れかかっていた。

窓の外はもう暗くなっている。

「カツオって女だったんだね？」いつもの低い声で舞《まい》が言った。舞は四人の中で一番大柄で背が高く、ノートに向かうと猫背が目立った。

「分かる。あいつ、宇宙人だよね」舞とは対照的な高い声で琴未《ことみ》が言った。琴未は四人の中で一番高いキンキン声の持ち主で、特に爆笑時の高音は周囲の者の耳に痛いほどだった。

「宇宙人に、男とか女ってあるのかな？」と智代《ともよ》が言った。智代は四人の中で一番太っていて背も低く、その体型はバランスボールを思わせた。

「だから地球の男に化けてたんだけど、肝心なモノを付け忘れてたから女だってバレちゃったのよ」と貴子《たかこ》が言った。貴子の家は四人の中で一番裕福だったが、だからと言って貴子がみんなの分のお菓子代やジュース代を一人で支払うということはなく、彼女達の支出は厳密に割り勘だった。

昨日の昼休みに、クラスの皆の前で「僕は女なんだ」と突然告白した妹尾克夫《せのおかつお》は、特にこれと言って特徴のない小柄な男子だったが、背が高く大柄の舞は、カツオの手の指が自分の指よりずっとすらっとしているのを密かに羨《うらや》んでいた。

　他の三人の女子はカツオに対して特段の思い入れはなかったが、太った智代は小学二年生の時からずっとカツオと同じクラスで、宇宙人である彼が、裕福な貴子が言うように肝心なモノを付け忘れたということは絶対にないと思っていた。なぜなら彼女は三年生の冬に、学校の帰りがけに立ち小便をしていたカツオの「肝心なモノ」を見たことがあるからで、しかしこのことについては他の三人には決して言わないでおこうと心に決めていた。うっかり言ってしまったら、この三人によってどんな恐ろしい噂を立てられるか分かったものではないからである。

　テーブルの上にパーティー開けされたスナック菓子は、ポテトチップスの微細な欠片を残して粗方食べ尽くされていた。

　四つの中で唯一中身の残っていた裕福な貴子の紙パックのジュースが、一気に飲み干されて潰れた。

　周囲の専門店の中には、既に店仕舞いしているところもある。

「帰ろっか?」背が高く大柄の舞がそう言った。

　この程度の準備では、明日の課題の発表はきっと失敗するだろうと皆心の中で思ったが、彼女達は口々に「帰ろ」「うん帰ろ」「帰ろ帰ろ」と応じた。彼女達にとって、明日の発表より早く帰って家の中でズベーッとする方が余程大切なことに思われたのである。

四人はノートや筆箱をランドセルに詰めると、一斉に席を立った。

そのまま立ち去ろうとする三人の背中に、太った智代が声をかけた。

「ゴミを片付けていこうよ」

その声に、「出た」と裕福な貴子が言い、キンキン声の琴未と、背が高く大柄の舞は「智代ちゃんお願い」「任せた」と言い残して逃げて行った。

裕福な貴子だけがその場に残り、太った智代の元へと引き返した。そして二人は黙ってテーブルの上のお菓子やジュースの紙パックを片付け始めた。

そんな彼女達の様子を、フードコートの他の客が見るでもなく眺めている。

「カツオにはオチンチン付いてるよ」太った智代が裕福な貴子にそっと囁《ささや》いた。

「分かってるよそんなこと」裕福な貴子が言った。

ゴミを捨てて外に出ると、キンキン声の琴未と、背が高く大柄の舞が二人を待っていて、裕福な貴子と太った智代に「ありがとね」と言った。

そして四人はひと塊になって帰路に就いた。

県道を走る車のライトが、夕闇の中で色を失っていた彼女達の体を舐めて色付かせた。

「この前までこの時間、まだ明るかったのに」背が高く大柄の舞が言った。

「うん。ちょっと寒いね」太った智代が言い、Tシャツから出た乾燥肌の二の腕を擦《こす》った。

彼女達は揃って十歳で、余り良くない成績も互いに似たり寄ったりで、未来はぼやけてちゃんと見えていなかった。仲良しと言えばそうだったが、班が同じという縛りがなければこうして学校外で会うこともない、まるで川のよどみに浮かぶうたかたのような関係だった。

「明日は貴子ちゃんが発表してくれるんだよね？」背が高く大柄の舞が言った。

裕福な貴子は「え？」と驚いたように舞を見た。

「何言ってるの。明日は舞ちゃんの番じゃん？」

「違うよ、この前『代わって』って頼んだ時、『うんいいよ』って言ってくれたじゃんか」

「違う違う、私そんなこと言ってない」裕福な貴子はそう言って、背が高く大柄の舞の要求を固辞した。背が高く大柄の舞は押し黙った。

「舞って何でも人に任せっ切りなんだよね。さっきだって、私と智代でゴミの片付けをして、琴未と舞は逃げたんじゃんか。ねえ智代？」

裕福な貴子に突然話しかけられた太った智代は、不意に教師に当てられた時のようにびっくりして気を付けの姿勢で「はい！」と答え、それを見たキンキン声の琴未が「ヒッ」と高い声で吹き出した。

「だって、発表するって言っても、今日はみんな全然ヤル気なかったし、結局何を発表したらいいのかちっともまとまってないんだもん、無理だよ」

背が高く大柄の舞はそう言って、皆の連帯責任を強調し始めた。

「発表なんて、適当に言えばいいだけじゃんか」キンキン声の琴未が言った。

「じゃあ琴未が発表してよ」と背が高く大柄の舞が言うと、キンキン声の琴未は「それは無理っ」と即答した。

明日の「道徳」の授業で3班は、「生活の中で真理を知るにはどうしたらよいか？」というテーマについて班員で話し合ったことを発表することになっていたが、この課題が与えられるまで彼女達の頭の中に「真理」という言葉は殆ど存在すらしておらず、話し合いと言っても誰も何を話したらいいのかさえ思い付かない有様で、お菓子を摘まむ指と咀嚼する口ばかりが盛んに動いて虚しい時間が過ぎ去ったのだった。

「そもそもタブッチの出したこの課題、6班用のを間違って私達の班に出しちゃったんじゃないの？」裕福な貴子が言った。タブッチとは担任の田淵裕輔《たぶちゆうすけ》四十二歳のことで、6班はクラスで一番賢い男子の班である。確かに「適当に言う」ことなど出来そうにない、正体不明のテーマであった。

その時突然、背が高く大柄の舞が太った智代の前に立ち塞がり、合掌して「智代ちゃん、お願い！」と言った。太った智代は、目の前に立った背が高く大柄の舞を見上げた。真っ黒な二つの鼻の穴が、まるで二本のスティック糊を突っ込んで下さいと言わんばかりに真ん丸だった。すると他の二人も、いつの間にそんな合意が出来ていたのか、太った智代を取り囲んで「お願い！」「お願い！」と言って手を合わせてきた。思わぬ展開に太った智代は目を丸くしたが、しかしこうなることは最初から分かっていた気もした。

「前も私が発表したよ」と太った智代は言ってみたが、三人は目を瞑《つぶ》って頭を下げ、「お願い！」「お願い！」「お願い！」と呪文のように繰り返す。

四人は歩道の真ん中に陣取っていて、家路を急ぐ主婦や勤め人達の通行の邪魔になっていた。通行人達は迷惑そうに彼女達を避けて行く。

すると一人のガテン系の若者が「邪魔だ！」とドスの効いた声を上げ、キンキン声の琴未のランドセルにわざとぶつかって足早に立ち去っていった。キンキン声の琴未は文字通りキンキン声の悲鳴を上げてその場で半回転しながらよろけたが、背が高く大柄の舞に両腕を鷲摑《わしづか》みにされて転倒を免れた。それを見た太った智代は縮み上がり、気を付けの姿勢になった。ガテン系にぶつかられたキンキン声の琴未が、背が高く大柄の舞の腕の中で「お願い、智代ちゃんしかいないの！」と言った。背が高く大柄の舞も、裕福な貴子も、熱い眼差しを投げてくる。太った智代はその場の雰囲気に圧倒され、小さな声で何か呟《つぶや》いた。

「何？　聞こえないよ智代ちゃん」背が高く大柄の舞が言った。

「私が……はっぴょ……」

「もっと大きな声で！」背が高く大柄の舞が重ねて言った。

「しっかり智代ちゃん！」裕福な貴子が言った。

「私が発表する……」

「やったあー！」キンキン声の琴未が、その日一番のキンキン声を張り上げてわざとらしく喜んだ。そして三人は太った智代にクルッと背を向け、ランドセルでおしくらまんじゅうのように彼女の体を圧迫することで、その喜びのわざとらしさと互いに目配せし合う顔とを、智代の目から巧妙に隠した。太った智代は押されながら、これで良かったのだと思おうと努めた。いつもこうなのだ。四人が集まると決まって何かを押し付けられる。これが、このうたかたの集団が最も安定するお決まりのパターンなのである。

「じゃあ、明日ねー」

「バイバーイ」

「智代ちゃん、頼んだねー」

太った智代は三人と別れ、夕暮れの中を一人歩いた。

古義川に架かる橋を渡り、川沿いに建つナジャ病院の前を通り過ぎようとした時、彼女は病院の脇の壁沿いの細い道をふと覗き、ずっと奥にたっぷりと溜まった闇の中へと吸い込まれそうになった。まだ低学年だった頃、昼間に友達とこの細道を探検してみたことがあり、彼女はこの細道が病院の敷地の裏手の畑に通じていることを知っていた。その畑の周囲には廃車になった錆びた軽トラックと、コンクリートで蓋をされた古井戸と、干物になった蛙の屍骸と、草の生えた大きな水溜りとがあった。怖かったのは、壁の向こうの病院の建物内から間歇的に聞こえてくる患者達のものらしい「よぉーー」という低い声だった。その声を聞いた途端友達が逃げた。太った智代は気を付けの姿勢のまま数秒間目を剝いた後、遠ざかって行く友達の背中を懸命に追いかけた。

それ以来、特に暗くなってからは絶対にこの細道の奥を覗かないようにしていたが、この時はついうっかり覗き込んでしまったのである。すると、それは僅《わず》か二秒ほどの間だったが、視線が吸い込まれて目が離せなくなった。彼女は力ずくで視線を逸《そ》らせたが、最後の瞬間に、白っぽい人間の後ろ姿が闇の中に消えて行くのを見た気がした。それは、橋から見下ろす古義川の川原や、K市営共同墓地でも何度か目撃したことのある幽霊に違いないと思った。

太った智代は仰天して気を付けの姿勢になり、口をパクパクさせた。

そして夢中で逃げ帰った。

K市立斎場とK市営共同墓地の脇を通って地下道を抜けるまでは、ずっと走り続けた。国道を越えて町灯りが明るくなると、やっと少し落ち着いた。

ふと顔を上げると、自宅の長屋の前に母親が立っていた。

太った智代とよく似た、バランスボールのような体型である。

「遅いよ智代」

「御免なさい」

「苛《いじ》められたのかい？」

「苛められてない」

母に随《つ》いて家に入る。

「顔と手を洗ってきな」

「分かった」

洗面所の鏡を見ると、頬に涙の痕が残っていた。いつの間に泣いたのか、まるで覚えがない。頭の中にはずっと、恐ろしい思いをお祓いする呪文として「真理」という言葉がループしていた。

母親と二人で、遅い夕食を食べた。献立は野菜たっぷりの焼きうどんだった。

「真理って何かな？」太った智代は太いうどんを啜《すす》りながら、母親に訊《たず》ねた。

「何だいそれは？」

「明日、発表しないといけないの」

「お前がかい？」

「うん」

太った智代はポケットから、折り畳まれたプリントを取り出して母親に見せた。そこには、タブッチが各班に出した道徳の課題が印刷されている。

「3班のはこれだよ」と太った智代は、「生活の中で真理を知るにはどうしたらよいか？」の文章を指差した。

すると母は暫く考えてからこう言った。

「自分にも他人にも嘘を吐かないようにすることだろ」

その答えは太った智代にはピンとこなかったが、少し肌寒く感じたその夜、久し振りにパジャマを着て布団に入り、ぼんやりと天井を見ながら考えている内に、明日の発表を引き受けてそれを良かったと思い込もうとしていた自分には、きっとこれからも真理は分からないような気がした。もしあの時きっぱりと断っていたら、少しは真理というものに近付けていたのではないだろうか。そんな気がして、太った智代は布団の中で横を向き、合わせた両手を股の間に挟み込んだ。

四

裕福な貴子は帰宅すると、キッチンのテーブルの上の母の置き手紙を見た。

「ちょっと出かけるから、晩ごはん食べて先に休んでてね」

そう書かれた紙には皺《しわ》が寄り、右端は少しちぎれて数ヶ所に破れ目がある。

この置き手紙は、もう何度も使い回されていた。

テーブルの上のランチョンマットの上には一人分のご飯茶碗とお椀、箸、コップが置かれ、テーブルの隅にはコバエが一匹物凄い速さで動き回っていた。貴子はそのコバエを叩こうとして手を伸ばしたが、次の瞬間、それはまるでテレポートしたかのように一瞬で消えた。

彼女は冷蔵庫を開け、ラップのかかったハンバーグと八宝菜の皿を取り出し、一枚ずつ電子レンジに入れて温め直した。リモコンでリビングの大型テレビを点け、ローカル放送の古い時代劇を眺めながら夕食を食べる。食べながら彼女は、この惣菜は母が作ったものか、買ってきた出来合いのものを皿に移しただけのものかを吟味してみたが、それは出された食材や楽器についてゲストが本物か偽物かを言い当てて、その結果によって芸能人として格付けされる人気バラエティ番組のように、決して一筋縄ではいかない難題だった。母は出汁も調味料もソースも全て市販のものしか使わず、手作り料理の味に殆ど個性が出ない。いつも同じ味じゃ飽きるからという理由でウーバーイーツや店屋物を取ってくれることもあるが、貴子はそれらを美味しいと感じたことは一度もなく、母の料理の味とも区別がつかなかった。

どこか薬臭い味のする八宝菜を食べ、これなら今日給食で出たラタトゥイユの方がましだと思いながら、ひょっとすると舞や琴未、智代達と学校帰りに買い食いするスナック菓子やホットドッグ、クレープが、自分にとっては一番美味しい食べ物なのかも知れないと思った。

ゼネコンに勤める父はこの春から外国に単身赴任中で、その頃から母は目に見えて留守がちになった。しかしそれは父の出張との関係と言うよりは、貴子が小学四年生になって一人で留守番が出来るようになったことが大きな理由らしかった。母の腕に抱き締められながら「貴子はしっかりしてるから、母さんはとても安心」と言われた時、貴子はとても誇らしく感じたが、しかしそれが単に留守番が増える結果を招こうとはその時は考えもしなかった。

母は二つの団体でボランティア活動をしている。

引きこもりの民間支援団体「青い翼たち」の手伝いと、ホームレスの支援団体「レッツ八起き」での夜回りや炊き出し。春までは「レッツ八起き」だけだったのが、父の出張以降「青い翼たち」が加わった。

会合や打ち合わせが深夜に及ぶ時もあるという。

今夜はどこに行ったのだろうか。

貴子は食器洗いを済ませると、二階の自室のベッドの上に身を投げた。

最近体が酷《ひど》く疲れ、ちょっとしたことでイライラする。母に言うと、決まって「そろそろかもね」と言う。ランドセルのポケットには常に、おしゃれな柄のサニタリー・ポーチを入れてある。背が高く大柄の舞はもう来たという。キンキン声の琴未はまだだ。琴未は「智代は永遠の子供だから一生来ないよ」と冗談めかして言っていたが、貴子はふっと、太った智代にはもう来ているような気がすることがあった。

ウトウトしていてると、スマホの着信音に起こされた。

舞「寝てた？」

貴子「ちょっと」

琴未「私も」

舞「作戦成功したね」

琴未「明日は智世にがんばってもらお」

貴子「智世じゃなくて智代じゃなかったっけ？」
琴未「豚代でいんじゃね？」
舞「それ何て読むの？」
琴未「とんしろ」
舞「それな」
貴子「ｗｗｗ」

ライントークは一時間ほどで終わった。学校はスマホの持ち込みを禁止していて、太った智代はスマホを持っていない。智代に対する「作戦」は、主にラインを通して自然発生的に生まれるのが常だった。貴子は智代に恨みなどなかったが、陰で智代を馬鹿にする時の舞と琴未のかけ合いの面白さには抵抗出来なかったし、実際に四人が集まった時、智代に気付かれないようにして目配せや口パクをしてくる二人の表情ほど見ていて楽しいものはなかった。智代もどこか自ら進んで「作戦」に乗ってくるところもあるみたいで、一学期の途中で同じ班になって以来ずっとこんな感じが続いている。

貴子は、自分専用のノートパソコンを起動させ、ユーチューブでお笑いや推しのアイドルの動画を観た。途中お腹が空いたのでキッチンからグミとチョコレートとコーラを持ってきて食べた。こんな時間にお菓子を食べているのを見付かったら母に叱られるだろうが、叱られることで、母がちゃんと自分の母であることを確認したい気持ちもあった。

それから少しゲームをしたが乗ってこず、ベッドに寝転がってぼんやり天井を眺めた。今は遅くなっても母が帰って来ることが分かっているから何とかなっているが、もし将来大学とかに行って一人暮らしを始めたら、一体誰が自分をシャンとさせてくれるのだろうかと彼女は不安になった。きっととことん大学をサボり、シャワーも浴びずに何日も何週間も無為に過ごしてしまうのではなかろうか。貴子はテレビで見たことのあるゴミ屋敷や引きこもりの映像を思い出して怖くなり、思い切って怠惰な気持ちを振り払い、気持ちを奮い立たせてシャワーを浴びに浴室へ下りていった。

服を脱いで裸になり、鏡に映った自分の体のホクロを指で押さえていると、なぜか堪らない寂しさに襲われた。昨日は学校から戻ると母がいて、電話で団体の人とちょっとした口論みたいになってイライラとこめかみを指で押さえていたりしたが、それでも電話を終えると貴子に向かってその時に出来得る精一杯の良い顔を向けてきた。夕食は野菜と肉を麺汁《めんつゆ》で煮込んだ簡単なものだったが、学校であったことや友達の話をしながら一緒に食べる食事は、今日のハンバーグや八宝菜よりずっと美味しかった。

ここ数日で朝晩は急に涼しくなり、今夜は肌寒いほどだった。いっそ湯を張ろうかとも彼女は考えたが、自動浴槽洗浄やお湯張りをしている間に入浴の意欲が殺《そ》がれる気がして、脱衣所で勢いよく服を脱いだ。

浴室のバスチェアに腰かけてシャワーで髪を洗っていると、沢山の人々が大声で喋っているような聞こえない筈の声が聞こえてきて、怖くなって無理に瞼《まぶた》を開けるとシャンプー交じりのお湯が目に滲《し》みた。

その時、家が揺れた気がした。

貴子はシャワーを止め、「お母さん?」と言った。反応はなく、彼女は浴室の折れ戸を開けてもう一度、今度はもっと大きな声で「お母さん、帰った?」と言った。

その後の数秒間の静寂ほど、彼女の寂しさを助長したものはなかった。

浴室の椅子に座ったまま、貴子は徐々に自分の顔が崩れていくのをどうしようも出来なかった。「お母さん、お母さん……」と呟き、濡れた頰に涙が伝うに任せた。

気を取り直してシャワーを浴び終え、浴室から出て自室でドライヤーを当てていると、「夜に親がどっちもいないってサイコーじゃんか」と言っていた琴未のキンキン声を思い出した。確かに琴未なら、この状況を存分に楽しむだろうと思うと、浴室で裸で泣いていた自分が馬鹿に思えた。

この極端な気持ちの揺れは、矢張り母の言うように「そろそろ」だからかも知れないと思い、インターネットで検索してみると、確かに初潮に伴う精神的不安定さや体調の悪化が列挙されていて、体験談などを読んでいると自分だけではないのだという安心感も湧いて、貴子はその夜、母の帰宅より早く眠りに落ちた。

夢を見た。

皆で大きな客船に乗っている。

舞と琴未と智代と一緒に、客室から出てきて甲板に出た。するとこの船の大きさに度肝を抜かれた。甲板の広さは校庭ほどもあった。この巨大な船を、世界一強力なエンジンが猛スピードで航行させていた。

「智代ちゃん、飛び込むんだよね？」琴未がキンキン声で言った。

智代は何か呟いた。

「何？　聞こえないよ智代ちゃん」舞が言う。

「私……とびこ……」

「もっと大きな声で！」舞が重ねて言う。

「しっかり智代ちゃん！」貴子が言った。

「私、飛び込む……」

「やったあー！」琴未がキンキン声を張り上げた。

「ちゃんと浮き輪を投げるからね！」貴子が言う。

智代はデッキの柵越しに海を覗き込んでいる。その智代のバランスボールのような太った背中を背景にして、舞と琴未が互いに変顔を競い合っていて、貴子はそれが面白くて堪らない。笑いを押し殺していると、突然智代が後ろを振り向き、ふざけた三人を悲しげな顔で見詰めたと思った瞬間、柵を飛び越えて海に落ちていった。三人は「あ」と声を上げて柵に飛び付いた。

海は彼女達が想像していた碧《あお》く静かな水面とは全然違って、世界一強力なスクリューの回転によって、辺り一面真っ白な潮がまるで沸騰しているかのように猛然と泡立っていた。見渡す限り、どこにも智代の姿は見えない。貴子は自分が言った言葉通りに、柵に備え付けられていたオレンジ色の浮き輪を外して海へと投げたが、途中でロープが縺《もつ》れてしまい、浮き輪は海水面に達しないまま船の舷側にぶら下がって揺れた。海に落ちた智代は逆巻く潮に揉みくちゃにされて、上下前後左右何も分からず、息すら出来ない状態に違いない。三人はこの取り返しの付かない事態に恐ろしくなり、ただただ海の狂態を凝視するばかりだった。

貴子は目を覚ました。

心臓の鼓動が、耳にはっきり聞こえるほど激しく打っている。

その時、階下から聞き覚えのある音がした。それはリビングのドアを閉める音で、それに続けてサイドボードの扉を開く音、グラスの鳴る音などが聞こえてきた。母が帰って来ている。きっとこれから寝酒を呑むのだろうと思い、貴子は安堵した。階下に下りて行って一言お休みを言おうかとも思ったが、挨拶はお早うでもいいと考えて、そのまま瞼を閉じた。

そして夢の続きを見た。

船内の自習室に入ると、海に飛び込んだ筈の智代が机に向かっていた。貴子は「どういうことなの？」と問い質《ただ》したが智代の答えは曖昧で、さっぱり要領を得ない。

母が船内の保健室で児童相談をしていて、その声が外にまで漏れていた。

「貴子さんのことなんだけど」と、自分の娘のことを他の児童に訊《き》いている。貴子は保健室の扉を開け、「お母さん、もうちょっと小さな声で話して」と頼む。そしてついでに「智代ちゃんは生きてたよ」と母に報告した。すると母は言った。

「あなた、智代さんが飛び込んだところを見たの？」

その声は大きいままだった。

貴子は何だか恐ろしくなって「見てない」と答えた。しかし貴子は確かに、智代が荒れ狂う海に飛び込むのを見たのである。

朝、階下に下りて行くと、キッチンの流しに向かって包丁を洗っていた母が後ろを振り向き、「お早う」と言った。

「お早う」

「ちゃんと晩御飯食べてたね」

「うん」

「腕によりをかけて作ったんだから」

「うん、美味しかったよ」

テーブルの上にはいつもと同じ、トーストとハムエッグとコーンスープとミルクが並んでいる。

「夜に、グミとチョコレート食べて、コーラも飲んだ」

「そう」

母は洗い終わった包丁を拭きもせず、流しの下を開いて包丁差しに差した。

「昨日は何時に帰って来たの？」貴子が訊いた。

「十一時半頃かな。遅くなって御免ね」

「うん」

「淋しかった？」

「淋しかった」そう言って、貴子は母の背後から抱き付いた。母が笑った。

「お母さん、何か変な臭いがする！」貴子はそう言うと、母から体を離した。

「そう？」

「うん。何か、ウンコみたいな臭い」

母はトレーナーの袖の匂いを嗅いで、首を傾げた。貴子は自分が何を言っているのかはっきりと理解出来ないまま、何か悲しい気持ちに囚われて、母を困らせようとする自分を上手く制御することが出来なかった。

「それより早く食べなさい」

「要らない」

「何言ってるの。食べないと給食までもたないわよ」

「要らないったら要らないの！」

五

服部隼人《はっとりはやと》は南京錠を外して自室の引き戸を開け、廊下に出た。引き戸のすぐ横に古い木製チェストがあり、その上にオムライスと、牛蒡とひじきの炒め物、小さな蒟蒻《こんにゃく》ゼリーが二個載ったお盆が置かれている。服部隼人はそのお盆を持って自室に戻り、引き戸を閉めて南京錠をかけた。腹など少しも空いておらず、オムライスのケチャップの匂いに鼻腔を衝《つ》かれてウッとなる。ケチャップは一回使い切りの個包装にしろと何度も母親にメモで伝えているにも拘わらず、彼女の頭には全く入らない。母親はこのように、時にゾッとするほどの頭の悪さを示す。それが自分に遺伝していない筈はなく、自分では気が付かないが他人から見るとゾッとするような頭の悪さが自分の場合もうっかり露呈してしまっているのだろうと、服部隼人は畳の上に置いたお盆を遠ざけながらそう考えた。

小学五年生の時、近所の桜《さくら》ちゃんという女の子と一緒に下校していた時期がある。

桜ちゃんは鼻の下の産毛が濃かった。それで何となく一緒に帰るのが恥ずかしかったが、家が三軒隣なので帰り道が一緒で、放課後に「一緒に帰ろ」と声をかけられたり一人で帰っているると後ろからパタパタと追いつかれたりした。クラスの男子は彼女のことをこっそり「口ひげ桜」と呼んで馬鹿にしていた。

桜ちゃんには国重郁美《くにしげいくみ》という仲良し友達がいた。

国重郁美は安室奈美恵似の美人で、服部隼人は密かに想いを寄せていた。そして国重郁美の方も、他の男子より自分に一層の愛嬌を振り撒いてくるように見え、彼はどうやら自分は彼女に好意を持たれているらしいと確信した。しかしバレンタインデーの放課後、密かに学校に居残った服部隼人は、自分が、桜ちゃんですら義理チョコをプレゼントしてくれない影の薄い空気のような存在に過ぎないという現実を知った。そこで彼は、もうすぐ学年が終わってしまう年度末を前に、自分から積極的に国重郁美にアプローチすることに決め、ホワイトデーの昼休みに桜ちゃんを校舎の隅に呼び出した。

「これ、口ひげ桜に渡して欲しいんだ」そう言って彼は、マシュマロの入った紙袋を桜ちゃんに差し出した。その時桜ちゃんは、手でサッと自分の口を覆い隠した。服部隼人は怪訝な顔をしたが、そこで漸く自分が「これ、国重郁美に渡して欲しいんだ」と言うべきところを間違えて言ってしまったことに気付いた。国重郁美とくちひげ桜は発音が似ているので注意しなくてはとずっと思っていたにも拘わらず、意識し過ぎる余り肝心な時に自ら墓穴を掘ってしまったのである。

この頃には既に、母親から受け継いだ頭の悪さが露呈していたのだと、服部隼人は三十年以上前の苦い思い出に昨日のことのように責め苛《さいな》まれた。桜ちゃんは今でも三軒隣に暮らしているが、小学五年のこの時以来一度も言葉を交わしたことはない。ごくたまに家のそばやショッピングセンターで見かけることがあるが、絶対に見付からないように彼の方から素早く身を隠すようにしている。四十二歳バツイチの桜ちゃんは、中学に入る頃にはすっかり口ひげが消え、今では白く美しい「くちなし桜」となって周囲に甘い匂いを振り撒いているらしい（甘い匂いの話は母親から聞いた）。

そしてこの小学五年の時が、他人の心に働きかけるという点では彼の人生のピークだったと言える。それ以後の彼は、彼に「口ひげ桜」と言われた時の桜ちゃんのように自らの手で自分の口に蓋をして、次第に現実世界に背を向けていった。何か他人と関わらねばならない大事な場面の度に母親譲りの頭の悪さが顔を出し、絶対にしたくないミスを自らの手で強引に引き寄せて、悉《ことごと》く失敗の憂き目を見た。他人の心は次第にブラックボックス化していき、数手先すら読めなくなった。そして中学、高校と順調に孤立の度を深め、大学は半年で休学、翌年には退学して外出を極度に控える生活スタイルに移行した。

それからの二十余年間、服部隼人はほぼ一日中ノートパソコンの前に座っているか布団に横になっているかして、一階奥の六畳間の和室の中で人生を過ごしている。家は墓場のように感じられた。滅多に風呂に入らないせいで体のあちこちに湿疹や吹き出物が出来、頭頂部も薄くなってきた。二十代までの彼しか知らない殆どの人間は、今の彼を見ても服部隼人とは気付かないだろう。体重は余り変わらないものの餓鬼のように腹が飛び出し、顔は長い髪とユダヤ教のラビのような髭《ひげ》に覆われ、落ち窪んだ目は濁り、頬骨は高く、鼻毛と爪は伸び放題で、しかし背筋だけはしゃんと伸びていて、それが彼の唯一の誇りだったが、最近お尻の出来物が潰れて良い姿勢の維持が難しくなりつつある。

服部隼人は頻《しき》りに煙草を吸いながらネットサーフィンを続けていたが、尻の出来物の痛みが限界に達したので、ヘッドフォンを外して椅子から立ち上がり、煎餅布団の上に倒れ込んだ。外したヘッドフォンからAV女優の嬌声が漏れている。

汚れた枕カバーに鼻先を沈め、そのまま顔に力を込めながら呻《うな》り声を上げた。

この先も自分は決して働くことはない、と布団に顔を押し付けながら彼は考える。社会人になって労働するとは、家族や会社や国に騙《だま》され続けるということで、その最たる証しが彼が大学時代に過労死した父だった。自分の時間やエネルギーを鰹節のように削り取られて心身ともに痩せ細り、気が付くと完全に退路を断たれて眼前には死しか残されていないという悲惨な末路を父は辿《たど》った。総菜屋でのパート収入と年金、そして僅かな貯金を切り崩しながら家計を支える母がこの先死んだら、生活費も月二万円の小遣いもなくなる。その時は国から生活保護を毟り取り、断じて生涯働かないと彼は決意を新たにした。働かない限り騙されることはないのだ。それが彼の築いた思想の恐ろしく低い到達点だった。そして彼は、いつものように壁に向かって「騙されてたまるか、へんっ！」と毒づいた。

息子が社会に出て働くことを望む母も国家の手先である。しかし本当の敵は国でも家族でもなく、倦怠だった。

自分の部屋にずっといるということは、膨大な時間を自分一人の力でやり過ごさねばならないことを意味する。時間は目の前に、大海原のように存在した。同時に時間は光のように速かった。一日は永遠に終わらないかと思うほどに永く、一週間は一日のように短かった。一ヶ月は数日に等しく、一年はせいぜい数週間だった。生活は挫折の博覧会の様相を呈した。日記は一週間で終わり、数年かかって一冊の本が読み終わらない。英語も歴史も数学も何度も勉強し直そうと試みて、参考書は最初の数ページにしか使用感がなく、どのノートも一ページか二ページを使っただけであとは真っ白だった。昨日に今日が呑み込まれてしまい、いつまで経っても明日が訪れない。

彼にとって森羅万象が敵だったが、実際は誰一人彼を襲ってはこなかった。

いつまで経っても何も起こらない。

母と暮らす築六十年のこの家から一歩外に出ると、そこは有毒物質の滲み込んだ紙で作られた偽物の世界「呪いの王国」であり、恐ろしい瘴気《しょうき》が満ちていると彼は夢想していたが、時々平然と、死に至る瘴気に満ちている筈の家の外へ、煙草や菓子を買いに出かけた。行き先は夜はコンビニ、昼間はショッピング・モールが主で、父が眠るK市営共同墓地に墓参に行くこともあった。彼がよく訪れるコンビニの若い店員達は、彼のことを密かに「ヨガ行者」と呼んで来店を心待ちにしていた。

その日、夜の十時を回った頃、服部隼人は漸く母の作ったオムライスを食べ始めた。オムライスは冷えていた。卵の膜にスプーンを入れると色に斑《まだら》があり、ケチャップに染まっていない白いご飯を口に入れると古い米の匂いがした。半分ほど食べ終えると、彼は簡単な身支度をして、お盆を持って部屋を出た。チェストの上にお盆を戻し、外から南京錠をかける。母の寝室から漏れ出る、溜め息なのか嗚咽《おえつ》なのか分からない声と衣擦れの音を聞き流し、玄関から家の外に出た。

月のない夜だった。

服部隼人は、桜ちゃんの家の二階の遮光カーテンから僅かに漏れる窓灯りをチラッと見上げてから、近所のコンビニに向かって歩いて行った。特に何を買う予定もなかったが、何もなかった一日がこの深夜の外出によって昨日とは違う色合いを帯びることへの微かな期待があった。

コンビニの店内はいつものように、腹が立つほど明るい。

夜も遅いこんな時刻に、店内を煌々と照らし出す蛍光灯の異様な明るさは、この世界を勝手に漂白して一切の秘密を取り除いてしまうような気がして、服部隼人にはそれが下品の極みに思われた。彼をチラチラ見てくる店員を無視して板チョコと煙草を一箱買い、店の外の灰皿の横で煙草を吸った。

目の前を、間歇的に車のライトが行き交う。

県道を挟んだ向こう側には市営プールや、溜め池、市営の文化ホール「サクラシアター」などがひっそりと佇んでいる。

服部隼人はその時、手から煙草を落としそうになった。

向かい側の歩道を、サクラシアターの街灯の光を受けた何か白っぽいものが素早く移動していくのを彼は見た。そのイキモノはどう見ても裸で、しかも女だった。

全裸の女が、夜の歩道を走っているのである。

服部隼人は思わず破顔した。

幻ではなかったんだ、と思った。

「おっ、おっ」と、彼は呻き声のような声を出した。騙しの手口に満ち満ちたこの嘘の世界に、何か確実なものがあるとすればこれだと思い定めていたイキモノを、一年振りに今再び目撃しているという興奮に彼の顔は震え始めた。間違いなくそれは、一年前にK市営共同墓地で見たイキモノと同じだった。顔の震えが肩や両腕に伝わって、指に挟んでいた煙草を吹っ飛ばした。その様子をガラス越しに見ていた二人のコンビニ店員がクスクス笑っている。

一年前には錯覚かも知れないと見えたそれは、今の服部隼人の目には間違いなく現実の存在に見えた。

白いイキモノが、歩道の上で体をクルッと半回転させた。

「何だあれは……」

そう呟いて破顔すると、彼はそのイキモノの走る方向と並行して、こちらの歩道をひょこひょこと駆けて行った。「ゆっくり歩くヨガ行者」しか見たことがなかった二人のコンビニ店員は、ガラス越しに「走るヨガ行者」の姿を初めて目撃し、大喜びでスマホを翳して録画ボタンを押した。

六

その晩、幾つかの死があった。

K市営共同墓地から北西に二キロほど行ったところの、K港の一般者立ち入り禁止の砂揚げ場に一台のトヨタカローラが滑り込んで来て、停車するとエンジンとライトを切った。風の音がしていいた。砂揚げ場には、風除けのコンクリートブロック塀と鉄板に囲われた砂利置き場が複数あり、真っ黒な砂利の山や砂の山が幾つも積み上がっている。

カローラの扉が一斉に開き、三人の男が出てきた。男の一人が車のトランクを開け、全員で中から一人の芋虫を引っ張り出して地面に叩き付けた。シーツに包まれてロープでぐるぐる巻きにされた芋虫は、身悶えながら呻き声を上げた。痩せの中年が芋虫の頭をトーキックすると、芋虫は静かになった。

「海に突き落としますか？」痩せの中年が言った。

「そうだな」禿《は》げの初老が言った。

「でも、このままじゃ沈みませんよ」髭の若者が言った。

「何か重しを付けろや」禿げの初老が言った。

「何にしますかね？」痩せの中年が言った。

「探してこいや」禿げの初老が言った。

「あい」「あい」痩せの中年と髭の若者が返事をして、その場から走って行った。

禿げの初老は煙草を取り出して百円ライターをカチャカチャやったが浜風のせいで火が点かず、トヨタカローラのボディの陰にしゃがみ込んでカチャカチャやっているところに、髭の若者が手に成長したミドリガメほどの大きさの石を持って戻って来た。禿げの初老は髭の若者を横目で見上げながらカチャカチャを続けた。髭の若者は唇の塩味を舐め、渋い顔をして成長したミドリガメほどの大きさの石を持ってじっと立っている。

そこへ痩せの中年が戻って来た。

「これなんてどうですかね？」

痩せの中年は、手に成長したミドリガメほどの大きさの石を持っていた。

「どっちも丸いな」と禿げの初老は言った。

すると漸くライターから火が出て煙草の先が赤くなり、禿げの初老は白い煙を吹き出しながらゆっくり腰を上げた。

「丸いやつはロープで結べないだろが。もっと角張った奴を探してこいや」

「あい」「あい」痩せの中年と髭の若者が返事をし、その場から走って行った。

禿げの初老は煙草を吸いながら海を見た。

対岸の倉庫群の照明灯の光が、黒い海面の上で小刻みに痙攣している。

煙草は風に吹かれてすぐに短くなった。

二本目を吸い終わっても、二人は戻って来なかった。

布の上から芋虫の鼻と口とを押さえると、息をしていない。

禿げの初老は周囲を見回し、耳を欹てた。後ろからの風が耳に当たってボーッという音を立てた。彼は鼻をヒクヒクさせ、眉間に皺を寄せた。その時、二人が立ち去った方向から叫び声と銃声のようなものが聞こえた。禿げの初老はカッと目を見開くと大急ぎで運転席に乗り込み、エンジンを噴かした。トヨタカローラはキュッと音を立てて急にバックし、芋虫を轢いてこれを乗り越えた。芋虫の体が車体の下で捩《よじ》れた。車はエンジンを空噴かしした後、今度は猛スピードで前進した。芋虫の上に乗り上げた後輪が、猛然と空回りする。そしてタイヤが地面に着地した瞬間カローラは飛ぶように急発進し、カーブを描いて車止めに激突して跳び上がり、空中で縦になってフロントから海の中に落下した。窓が開いていたカローラは、あっと言う間に沈んだ。

それから暫くして、二人が戻って来た。

彼らは力を合わせて、ビルの建設に使うような太い鉄骨を運んでいた。

「さっきみたいに落とすなよ」瘦せの中年が言った。

「車がないぜ！」髭の若者が言った。
「あのジジイ！」瘦せの中年が叫んで手を放し、鉄骨が落ちて銃声のような音がした。

K市営共同墓地のすぐ傍にあるアパートの一室で、男は労働着のまま炬燵《こたつ》机に向かって胡坐《あぐら》をかき、瓶ビールを飲んでいた。一杯目を飲み終え二杯目を注いだが、ビールはグラスの半分にも届かなかった。そして男はビールを炬燵机の上に置くと、その瓶に手を添えたままゆっくりとお辞儀し始めた。その目は一瞬、壁にぶら下がったカレンダーを捉えてから白目になり、頭部が炬燵机の上にゴンと落ちると男はそれっ切り動かなくなった。カレンダーには毛筆文字で、「心の標語」が記されていた。
「今日という一日に感謝してこそ希望に満ちた翌朝の目覚めが訪れる」

K市営共同墓地の北西一キロに位置する「尾割病院」救急ＩＣＵ
カルテ
「患者ＩＤ　３０３３８３２１　85歳　男
19時頃から血圧低下傾向（意識清明）
20：39　塩酸ドパミン開始
20：59　アレトス　心マ開始

21：08　アドレナリン1A
21：10　挿管　PEA
21：12　PEA　アドレナリン1A
21：16　PEA　アドレナリン1A
21：20　PEA　アドレナリン1A
21：24　ROSC（左大腿動脈触知）
21：？　徐々に脈波低下し心マ再開
21：46　御家族の前で心マ中止　死亡確認
御家族（妻）に説明。
20時頃ベースの血圧が低下し昇圧剤を用いた。その後、30分程度経過後に心停止にいたり、気管内挿管、心臓マッサージを開始し、アドレナリンも4サイクル行ったが甲斐無く、心拍は再開しなかった。
死因は、敗血症性ショックを契機とした循環不全による多臓器不全が疑われた。当院来院時の心臓の病変も多臓器不全の結果であった可能性もある。
上記を説明、ご納得いただいた。」
この説明を聞いた高齢の妻は、夫の剃毛の最中に看護師が笑っていたことや、二日前に呼吸停止した時近くに看護師がおらず、夫が自ら叫んで看護師を呼んでギリギリ心臓マッサージを受けて蘇生したこと、その日にカテーテル手術を施した医師が、夫の死に際して全く姿を現さないことなどに不信感を抱いたが、ただ一言「有難うございました」と頭を下げて遺体を引き取った。


その部屋は、天井が鏡張りで浴室がガラス張りという点に特徴があった。

男は備え付けの電話で店に電話を入れた。暫くすると折り返し店から電話がかかってきて、男の入室が確認された。

チャイナドレスの女は部屋に入ってくるなり自己紹介し、スマホで入室したことを店に報告した。男は女に一万五千円を支払った。

「あんた幾つだ？」男が自分の財布を覗き込みながら訊いた。

「三十」女が答えた。

「どう見ても三十二か三だろ」

「んーっ、お客さん細かいっ！」女は拗《す》ねたように身を捩って甘えた声を出した。

「早く脱いでくれ。時間がない」

「まだ充分あるよ」

「もうカウントダウンは始まってるんだろ」

「インコールした時からのスタートです」

「インコールって何だ？」

「さっき私がお店に入れた電話のこと」

女はポーチからミニタイマーを取り出した。

「というわけで、今から始めますね」

「すぐに風呂だ」

二人は予《あらかじ》め男が湯を張っていた湯船に一緒に浸かり、軽いキスを交わした。男は女の尻の穴に蓋をする要領で中指を宛がって押したり離したりしたが、少しでも指先を入れようとすると女に注意された。女は、服を脱ぐ前から勃起していた男のペニスを手で愛撫した。男は太っていて腹が出ていた。暫くして男が「熱いな」と言って立ち上がり湯船の縁に腰かけると、女は男の太腿に腕を乗せて、体に比べて小振りな亀頭を口に含んだ。

その間に男は何度か、歯をチョッチョッと鳴らし、拳固で自分の胸を叩いた。

「何それ？」女が訊くと、男は「別に何でもない」と答えた。

浴室から出てバスタオルで体を拭き、ベッドの端に並んで腰かけた。男は自動精算タイプの冷蔵庫からスポーツドリンクを二本引き抜き、一本を女に渡した。浴室のガラスが曇っていた。体の熱が取れてきて人心地付くと、二人はベッドの上で抱き合った。

最終的に男は、ローションを使った女の手コキで射精した。

「あら、ピンク色」

「そうか」

「血が交じってるのよ。前立腺弄《いじ》った？」

「まあな」

「そのオプションもあるから、今度使ってみて」

「ああ」

二人が仕舞いのシャワーを浴びていると、ローテーブルの上に置かれていたミニタイマーが鳴った。

「あと十分あるから」と女が言いながら、濡れた体のままタイマーを止めに行った。

体を拭いて乾かすと、二人は裸で抱き合って最後のキスをした。女はどうでもいいことを喋りながら素早くチャイナドレスを身に着け、店にアウトコールを入れた。男がホテルのフロントに電話を入れると部屋の扉のオートロックが解除され、女は手の指をイソギンチャクの触手のように振りながら出て行った。

男はソファに体を沈め、歯をチョッチョッと鳴らし、拳固で自分の胸を何度か叩いた。

ローテーブルの上に、二本のペットボトルと女のミニタイマーが載っていた。

それから男はゆっくり立ち上がって服を身に着け、ペットボトルに残ったスポーツ飲料を女の分まで飲み干すと、自動精算機で精算を済ませた。ドアのロックが解除され、男は部屋から廊下に出た。

エレベーターで一階まで下りてチラッとフロントの中を覗くと、初老の女が両腕を垂らして顔を天井に向けていた。喉の皮が伸び切っていて、大口を開けている。その女が死んでいることは一目で分かった。男は何事もなかったかのように歩いて、自動ドアから外に出た。ラブホテルの駐車場を出たすぐの路肩に、黒いワゴン車が一台停まっていて、その脇を通りかかった時、後部座席の窓が開いて女の顔が覗いた。

「今晩は」女が言った。

「あ、これ忘れ物だ」男はジャンパーのポケットからミニタイマーを出して女に渡した。

「有難う」女は言い、デリヘルドライバーに気付かれないように、こっそり唇に人差し指を当てた。女も知っているのだろう。

「じゃあ、お休みなさい」

「お休み」

男は走り去る黒いワゴンを見送ると、足早に家に向かった。妻には散歩だと言ってきたが、家を出てからもう二時間近くが経ち既に日付が変わっている。男はK市営共同墓地の脇を通った時にふと時計の日付表示を見て、昨日ではなく今日が父の誕生日だということに気付いた。

K市営共同墓地から南東に二キロに位置する高速道路の高架下のダンボールハウスで寝ていたホームレスの男は、耳元に蚊の羽音を聞いて反射的に自分の耳を叩いた拍子に目が覚めた。

男はダンボールハウスから這い出して、欠伸《あくび》をしながら近くの雑木林で立ち小便をした。上を見上げると、高速道路の巨大な高架が夜空を覆い隠している。トレーラーや深夜バスといった大型車が走り抜ける度に、ザーッという音やウワーンという音が尾を引いて、それはまるでどこかへ連れ去られていく未知の生物が助けを求めて泣いているようだった。

　幅の広い高架の端から覗く夜空に、星が見えている。

　その時、頭上で甲高く長いクラクションの音が鳴り、繰り返し車がクラッシュする嫌な音、金属が地面を滑りながら引っ掻いていく音、破裂音、無数の破片が散らばる音などが次々に聞こえてきた。近くの雑木林にも、何かの破片が落ちる音がした。そういった音が爆発的に炸裂してやがて次第に収まっていくのと入れ代わりに、今度は人の悲鳴や怒声が降って来た。男は殆ど意味を成さないそれらの声の中に「何やってんだよおっ」とか「誰か助けて！」といった言葉を聞き分けると、自分の過去の記憶が無理矢理に引き摺り出されるようで、胸が掻き毟られる思いがした。

　車六台が関係したこの事故は、死者四名、重軽傷者七名という惨事になった。軽自動車に乗っていた親子三人が即死、ワゴン車に乗っていた夫婦の内三十歳の夫が病院で死亡し、妻が重傷を負った。トレーラーの運転手の居眠り運転が原因の事故だった。

　ポニーテールのその女子高生は、塾の帰りにコンビニに寄ってクリームパンとカフェオレを買い、それを鞄に入れて家に向かって歩いていたところ、若者二人に公園の植え込みに引き摺り込まれ、刃物で脅されて公衆便所の男子トイレの個室に閉じ込められた。個室の中で刃物を突き付けられて服を脱ぐように強要され、彼女が大人しく服を脱いでいる最中に一人の若者の様子がおかしくなった。彼はナイフを手にした状態で痙攣を起こし、白目を剝いて涎《よだれ》を垂らした。もう一人の若者は女子高生と顔を見合わせた後、目を大きく見開いたかと思うと個室の扉を開けて、仲間を残してその場から逃げ去った。便器の上に倒れ込んだ若者は、ナイフを持ったままの腕をピンと伸ばしてクロスさせ、ガタガタと大きく震えている。女子高生はどうしていいのか分からず、若者に「今救急車を呼ぶから、それまで頑張って！」と声をかけるとスマホで119番した。その時外でドスンと音がして、逃げた若者が交差点に突っ込んできたマイクロバスに撥ねられて即死した。公園は、K市営共同墓地から八百メートル北西に位置した。

K市営共同墓地から西北西二キロの深夜の海水浴場で、自転車から降りて自動販売機でお茶のペットボトルを買っていた男子大学生が、三人の男に取り囲まれた。男の一人が自転車を蹴り倒した。

「何ですか」

大学生はワイヤレスイヤホンを耳から外して胸ポケットに仕舞い、体を屈めてペットボトルの取り出し口の中に手を入れた。男の一人が大学生の伸ばした腕を蹴り上げた。大学生の手は、取り出し口の縁にゴンッと当たった。大学生は、その手をズボンのポケットに突っ込んだ。三人の男達は一斉に大学生に飛びかかった。彼らは一つの塊になった。暫くしてその塊の中から一人の男が離れた。その男は数メートル距離を置いた場所に移動して正座し、指で右目に触れながら「えっ」と声を上げた。やがて、もう一人の男が地面に転がり、仰向けになってベルトを外してズボンとパンツをずり下ろすと、自分の腹を見て絶望的な声を上げた。最後に残った男は、呻いている二人を見て動きを止めた。大学生は、手に持ったドライバーを体の後ろに隠した。

「何なんだよ」大学生は言った。

「てめえ、やり過ぎだろ」男が言った。

目を刺された男が「見えない」と言った。

丸刈りの大学生はゴリラのような顔で、熊のような体格をしていた。

男はその場に素早く腰を落として足元の砂を摑み、大学生の顔に投げ付けた。砂を胸に浴びた大学生は、男の顎を蹴り上げた。男は仰向けに倒れた。全体重を乗せた大学生の右膝が、男の鼻の上に落ちた。男は動かなくなった。大学生は男の頭を十数発蹴り、潰れた鼻の上に数回にわたって踵《かかと》を落とした。

男の一人は右目を失明、一人は腹を刺されて全治一ヶ月の重症、一人は頭部挫傷によってショック死した。大学生は自転車に乗って海水浴場を管轄する交番に出頭し、現行犯逮捕された。

この日の死者は全てK市立斎場で焼かれた。

七

朝食を巡る母親との喧嘩で時間を取られた裕福な貴子が登校したのは、始業ギリギリの時間だった。教室に入ると、机の周りに舞と琴未が駆け寄って来た。

「ちょっと大変よ！　智代ちゃん欠席なんだって！」

琴未のキンキン声に貴子は渋面を作った。

「ほんと？」

「タブッチに聞いたの。智代ちゃんのお母さんから連絡があったんだって」背が高く大柄の舞が鼻の穴を膨らませて言った。

「やばい、どうする？」裕福な貴子が言った。

道徳は二時間目である。

「私も舞もバカだから、ここは貴子ちゃんしかいない、お願い！」

「お願い！」

琴未と舞が手を合わせた。

「私達はいつも割り勘でしょ。ここは公平にジャンケンで決めようよ」

「えー、私弱いからなあ」琴未が言った。

その時、チャイムが鳴った。

「最初はグー……」貴子が言うと琴未も舞も反射的にグーを出した。

「ジャンケン、ポンッ」

全員チョキだった。

「あいこで、ショッ」

それからすぐ始まった朝の計算スキルの時間、452×625をしている最中に貴子は、それにしても「ジャンケン、ポンッ」は分かるが「あいこで、ショッ」の「ショッ」って何だろうと考えた。そして計算ミスをした。

二時間目、「では次に3班」とタブッチに指名され、ジャンケンで負けた舞が立ち上がった。立ち上がると矢張り、クラスの女子最高峰の威容である。

「『生活の中で真理を知るにはどうしたらよいか?』、これが3班のテーマだったねえ」田淵裕輔四十二歳が言った。

「はい。えっと、真理を知る生活というのは……」

「お、巧みに言い換えたねえ」

「はい。真理を知る生活というのは、それは……」

「それは？」

「えっと」

「えっと？」

「真理を知る生活は……ああ、えっと……無理です」

「何？」

「無理だと思います」舞は背が高いので見晴らしがきき、遠く離れたカツオ（妹尾克夫）のほっそりとした指を見詰めながらそう言った。舞の向かいに座っていた琴未が、頭を抱えた。

「無理というのは、真理は知ることが出来ないということかな？」

「はい。私達には無理でした」

「どうしてそういう結論に至ったのかな？」

「はいそれは、やっぱり頭が悪いって言うか、真理なんて、私達の生活の中のどこを探してもないし、もしあるとしても私達には絶対見えてないし、多分私達の班みたいなとこじゃなくて、もっと別の、頭のいい、別世界のようなところにあるんだと思います」

舞は言い終えると、悲しそうな顔で俯《うつむ》いた。その顔は、恐らくクラスメイト達がこの春以降見てきた舞の変顔のバリエーションの中で最も憂いに満ちた表情で、誰もがこれが舞の素顔なのではないかという一種の驚きの感情を以《も》って観察した。

「はい、座って」

舞は椅子に腰を下ろし、貴子と琴未は彼女と目を合わすことが出来ず、三人は揃って下を向いた。

「真理はこの世にはなく、それは別世界にある。今、3班の大空《おおぞら》舞さんはそのように言いました。これは真理についての一つの立派な考え方ですねえ。古代ギリシアのプラトンという哲学者と同じ考え方に、3班の皆さんは自力で到達したようです。我々は本当は真理を知らず、真理の影を見ているに過ぎないというのがプラトンのイデア論の考え方で、これは君達が高校生になって勉強する内容です。3班はこんなテーマを与えられて、さぞかし悩まれたことでしょう。しかし立派に考え抜き、自分達の言葉で発表できましたねえ。はい。皆さん、拍手っ」

タブッチの大きな拍手に釣られて、教室のあちこちからパラパラと拍手が起こった。

舞と琴未と貴子は上目遣いに見詰め合った。舞がペロッと舌を出し、三人は照れ笑いした。

「タブッチに嵌《は》められた」休み時間、舞は興奮気味に言った。

「確かに」琴未が言った。

「タブッチは私らが絶対答えられないと分かってて、難問を振ってきたのよ。何がプラントよ、そんなのこじつけに決まってるじゃん」舞が言った。

「プラトンじゃなかった？」貴子が言った。

「そんなのどっちだっていいの。『真理はこの世にはなく、別世界にある』って何よ？　だったらお墓に行けば真理が分かるのかってことよ。私達を苦しめて、授業で持ち上げて、いい教師面して、ああむかつく！」舞はマントヒヒのような顔になった。

「キャーッキャーッ」琴未がマントヒヒの鳴き声を真似してキンキン声を出し、近くにいた男子が耳を押さえながら「止めてくれよ！」と叫んだ。

その日の四時間目、国語の時間に貴子は気分が悪くなって保健室へ行った。朝食を抜いたことが原因の低血糖症だった。飴玉を貰い、暫く休むと元気になった。昼休みには舞と琴未の三人で給食を食べた。

太った智代はその日一日、家にいた。

朝に三十七度五分の熱が出て、喉も痛かった。朝はスポーツドリンクしか喉を通らなかった。午前中、しっかり眠った。昼、母が作り置いていったお粥と味噌汁を食べた。食べ終わった頃に母から電話があった。昼ごはんをまあまあ食べたこと、熱は七度を切ったことを報告した。午後は普段は観ることの出来ないテレビのワイドショーを観て、少しウトウトした。布団に入ってオナニーをし、小便臭い指の匂いを嗅いでいる内にまたウトウトした。夕方、母が勤めから帰って来た。夕食は消化にいい野菜うどんだった。食後に母は、買ってきたプリンを冷蔵庫から出してきて智代を喜ばせた。

その夜、智代は目が冴えてなかなか眠れなかった。

家の周りを沢山の幽霊が飛び交っている気がした。

明日が怖かった。三人は本当に熱が出て寝込んでいたことを信じてくれるだろうか。肝心な時に熱が出たり、午前中に怠《だる》かったりすることは今までにも何度かあった。以前医者に行った時は、起立性調節障害の疑いがあると言われた。何か嫌なことがあると、都合よく発熱してしまうので、自分でも本当に嫌になる。無理してでも登校して、発表すべきだったと頻りに後悔の念が湧いた。

「生活の中で真理を知るにはどうしたらよいか？」

「はい。自分にも他人にも嘘を吐かないようにすることだと思います」

母が言った言葉をなぞるだけで役目は果たせた。少しぐらい熱があっても、充分に出来ることだった。しかしこの答えは母にとって正しいだけで、自分にとっても三人にとっても全く腑に落ちない外国語かお経のような答えである。タブッチやクラスの皆の前でこんな答えを言うのは、何か空恐ろしい事態を招くような気もして、言わずに済んで良かったとも思った。自分に見捨てられた三人が、教室の中で途方に暮れている光景が目に泛《うか》ぶ。自分は裏切り者になってしまったのだろうか。琴末のキンキン声の絶叫が聞こえてくるようで、智代は布団を被って頭を押さえ込み、死んだ蜘蛛のように縮こまった。

家は墓場のようだった。

八

貴子を送り出すと、木村麻奈は娘が食べなかった朝食を平らげ、食後に放心しながら放屁した。すると電話があった。

「がいっ、木村です」そう言うと、彼女は咳き込んだ。

「大丈夫？『青い翼たち』の山里《やまさと》なんだけど」

引きこもり民間支援団体のチーフからだった。

「今日ちょっと手が足りないんだけど来てくれる？」

「んっんっ、相談のほうですか？」

「作業のほう」

「分かりました。十時ですね、んぐっ」

「そうよ。じゃ、お願いね」

気管にパンの欠片が入ったらしかった。

木村麻奈はスカートを脱ぎ、匂いを確認した。確かに薄っすらと、庭で最近よく見るカメムシの臭いがする。庭の物置の中に予備のために隠しておいた服に、臭いが付着していたのだろう。洗濯機の中に突っ込み、デニムのジーンズに穿き替えて自転車で出かけた。

走りながら彼女は両目を見開き、近所の家々や県道沿いのサクラシアター、歩道の植え込みなど、昨夜見た景色を睨み付けるように見回した。

国道沿いの「青い翼たち」には九時四十五分に到着した。

この引きこもり民間支援団体は、雑居ビルの一階を借りている。本人や家族との相談、作業やレクリエーション活動、訪問活動などを行い、引きこもりの当事者がいつでもアクセス出来る「居場所」としても機能していた。

オフィスに入ると、いつもの獣臭がした。

この日はまず、チラシを折って封筒に入れる作業が行われた。引きこもりのメンバー六名と、二名のスタッフ。メンバーは二十代の男性が一人、三十代の男女、四十代の男性が一人、五十代の男性が二人。

女性スタッフの沼田《ぬまた》が、分かり切っている作業内容を説明した。十時五分に作業が始まった。作業が遅い者も速い者も、黙々と封入作業に取り組む。木村麻奈は彼らと同化して作業した。沼田は五十代の小母ちゃんで、作業中に沈黙が続くと天気の話や芸能界のゴシップネタ、自分のちょっとした失敗談など、どうでもいい話をして場を和ませようとした。この日は、数週間前からずっと気になっていた飛蚊症が、実は視界の隅を走り抜けるクマネズミの影だったという話をして、二十代の男性だけが「たっ」と声を出して笑った。

「天井裏の電気の線を齧るから、クマネズミは絶対に退治しないと駄目なのよ」沼田が言った。

「クマネズミって、熊みたいな大きさなんですか？」と三十代の女が訊いた。

「ううん、これぐらい」沼田は指で四センチぐらいの幅を示した。

「頭がいいんですよね」木村麻奈が言った。

「そうなのよ。だからチューチューホイホイにもなかなか引っかからないのよね」

「チューチューホイホイって何ですか？」三十代の女が訊いた。

「ゴキブリホイホイのネズミ版よ」

「そんなのあるんだ」三十代の女は焦点の合わない目になった。

そして沈黙が訪れた。

それは、各メンバーがそれぞれの「人間ホイホイ」を想像して、家という粘着テープに搦《から》め捕られている自分の姿を想像する時間となった。

「服部さん、本当に久し振りね」暫くして、沈黙に耐えられなくなった沼田が、四十代の服部隼人に向かって言った。

服部隼人が単発のしっゃくりをした。

「仙人みたいな髭、剃っちゃったのね！」

「あ、はい」

「最初、誰だか分からなかった。来てくれて嬉しいわ」

「はい」

「またいつでも来て下さいね」

「はい」

服部隼人は長い髪を後ろに束ね、髭剃りによる切り傷にワセリンを塗っていて顔の下半分が異様にテカッていた。

木村麻奈にとってこの男は、初めて見る顔だった。

「こちらは、この春からお手伝いしてくれてる木村麻奈さんよ」沼田が言った。

「よろすくお願いします」服部隼人は頭を下げた。

「よろしくお願いします」木村麻奈も頭を下げた。

封入作業は一時間で終了し、その後はアートタイムになった。

この日のアートタイムは、通販カタログや古雑誌から好きな写真を切り取って画用紙にコラージュしていくという内容で、作品は一定期間壁に飾られた後、保管用キャビネットの一番下の抽斗《ひきだし》に全てストックされていた。

アートタイムにはスタッフは作業をしないので、木村麻奈は一人一人の作品を見て回り、「綺麗な色ですね」「この月、素敵ですね」などと声かけをした。コラージュ作品には油性マジックで色を塗ったり、絵を描き足したりするのも自由で、基本どうなっても構わないのだった。

正午近くになって、メンバー達の作品がほぼ出来上がってきた。

沼田と木村麻奈は作品を眺めて回りながら、写真の色を褒めたり、切り取り方を褒めたり、ちょっとした質問をしたりした。

服部隼人の作品は、緑の木々の写真を敷き詰めた背景の真中に、通販カタログから切り取った下着モデルの全身写真を貼り付けたもので、ブラジャーとショーツを、他のモデルから切り取った肌色で覆い隠し、全裸の女を表現していた。胸には黒マジックでUの字の乳房が二つ描かれ、右の乳房の先端部には赤マジックで乳首が一つ添えられいる。股間は黒く長方形に塗り潰されていた。木村麻奈はそれを見て、「中国のお饅頭と海苔みたいですね」と言った。

午前の活動が終わると、希望する者だけ、団体が運営する近所の喫茶店「ブルー・ウイング」へ移動した。六人のメンバーの内、服部隼人を含めた三人が帰り、三人が残った。この三人と、チーフの山里と沼田、木村麻奈が、ここで昼食を食べた。「ブルー・ウイング」スタッフの指導を受けながら、社会復帰を目指すメンバーがこの店で調理や接客の仕事をしている。

メンバーの三人と、スタッフ三人は、それぞれ窓際の二つのテーブルに分かれて座った。

ウエイターとウエイトレスの二人は、水のグラスを配り終えるまでに一分半ほどの時間を要した。

「服部さん、髭を剃ってましたね」五十代の男①が水を飲みながら言った。

「カミソリ負けしてたな」五十代の男②が言った。

「カミソリ負けって何ですか？」三十代の女が訊いた。

「そりゃお前、肌がカミソリに負けて血が出ることだろうがよ」五十代の男②が言った。

「もっと優しく言って下さい」三十代の女はそう言って、虚ろな目になった。

漸く配膳が完了した。メニューはランチ一種類で、この日はミートスパゲッティと野菜スープとトマトサラダだった。

「ここのミートスパ美味しい」チーフの山里が言った。

「ここのミートスパ、いつも美味しいよね」沼田が言った。

メンバー三人のテーブルでは、全員が黙々と食べている。

「ここのミートスパゲッティ美味しいです」木村麻奈が言った。

「服部さん、昨日の晩、裸の女の人を見たんですって」チーフの山里が言った。

「銭湯で？」沼田が訊いた。

「それが、サクラシアターの傍の歩道を歩いていたらしいのよ」チーフの山里が答えた。

「ああ、だから服部さんは今日、あんなコラージュを作ったんですね」木村麻奈が言った。

「あら、服部さんのコラージュ作品は、いつもあんな感じなのよ」チーフの山里が言った。

「あんなのばっかり作ってるから、幻覚を見たのよきっと」沼田が言った。

「そうかもね」と言いながら、チーフの山里はスパゲッティの中から長い髪の毛を一本引っ張り出して、そっと床に捨てた。

すると隣のテーブルの三十代の女が振り向いて、「私も見ました」と言った。

チーフの山里が彼女の方に振り向いて、「どこで？」と訊いた。

「ナジャ病院の近くです」三十代の女が答えた。

「サクラシアターからだと、ちょっと距離があるわね」チーフの山里が言った。

「どんな人だった？」沼田が訊いた。

「裸の女の人でした」

「それはそうだろうけど、例えば、太ってたとか痩せてたとか」沼田が言った。

「普通でした」

「何歳ぐらいの人？」チーフの山里が訊いた。

「私ぐらいだと思います」

「てことは、三十代ってことね」

「分かりませんけど」

「髪型とか、覚えてますか？」木村麻奈が訊いた。

するとと三十代の女はじっと木村麻奈の顔を見てから、答えた。

「木村さんみたいな髪型でした」

一瞬の沈黙の後、五十代の男②が言った。

「おいおい、その裸女ってのは、木村さんじゃねえのか⁈」

木村麻奈が答えた。

「そうです。昨日はちょっと暑かったから」

皆が一斉に笑った。

そして笑いながら、各々が頭の中で、昨夜はそんなに暑かっただろうかと考えた。

食事を終えた三人のメンバーは、「青い翼たち」に戻って思い思いの時間を過ごした。一時間後、喫茶「ブルー・ウイング」の仕事を終えたメンバー四人もそこに加わり、ここが自分達の居場所だという感覚を分かち合いながら、午後の気怠い時間を過ごした。

メンバーと短い言葉を交わしたりする合間に、木村麻奈はキャビネットの抽斗を開けてメンバー達の過去の作品を見た。

服部隼人のものらしい女の裸を表したコラージュ作品が八点見付かり、そこにはどれも手描きの墓石の絵が添えられていた。

九

十九歳の斎木《さいき》伃実《ふみ》はキンキン声の琴未の姉で、顔が蛙に似ていた。この春高校を卒業し、「海野機械房」という工場で月に数日から十日ほどアルバイトする他は、家でブラブラしている。

「家にいるのよ」

琴未の3班が「真理」について発表する日の朝、伃実にそう言い残して母親は、登校する琴未と一緒に近所の倉庫会社に仕事に出て行った。琴未も母の真似をして、キンキン声で姉に

「家にいるのよ」と言った。

俘実は、重い音を立てて閉じられた鉄扉に向かって「絶対に行くから」と呟いた。

幼い頃からこの板間に佇み、閉じられた冷たい鉄扉を見詰めながら家の中に閉じ込められるような感じを何度も味わってきたことを、俘実は思い出した。K市営共同墓地に近いこともあって「お化け団地」と言われているこの古びた雇用促進住宅1号棟402号室が、一種の牢獄なのではないかと考えるようになったのは、小学校の時、中国からの帰国子女の友達に「俘実って、中国語で捕虜って意味なのよ」と教わってからだった。

彼女はこの日、友達が通う進学塾の宿泊集中合宿にゲスト参加するつもりでいた。合宿はもう始まっていて、友達の持田優華《もちだゆうか》は既にK市の南東部にある塾の宿泊施設にいる。数日前に電話で、持田優華に泊まりに来ないかと誘われた。塾生一人につき一人、体験合宿生として一泊三千円で招待出来る優待システムがあるという。昨日、仕事から戻った母にこのことを相談すると案の定反対されたが、黙って参加するつもりだった。三十人の合宿生の内半分は男子だという。夜に持ち物を準備していると胸が弾んできて、笑っていると「気持ち悪いから一人笑いは止めて」と琴未に言われた。

塾の名は「真・神塾」という。

持田優華はこの春、第三志望を含めて全ての大学に落ちた。浪人が決定した持田優華は、学力以前に人間が出来ていなかったとの反省に立ち、親の反対を押し切って、人間力重視のこの塾に通うことに決めたのだという。「真・神塾」のパンフレットには、人間力強化合宿（今回のがそれらしい）や泊まり込み補習といったイベントをはじめ、勉強の他にゲームや瞑想といった各種のメソッドが列挙されていて、この春に初めてこのパンフレットを見せられた俘実は「やめた方がいいと思う」と忠告したが、既に体験入学で「入学の条件は、家族・友人からの反対を撥ね返す鬼の気迫があるか否かだ」と言い含められていた持田優華は全く聞く耳を持たなかった。

あれから半年足らず。持田優華に備わってきたように思える図太さのようなものが、俘実には気になっていた。どんな石コロにも自分の方からヨロヨロと近付いて行って躓《つまず》いて転ぶような持田優華が、転んでも、転んだまま絶望的な笑いを浮かべていられるような人間力を獲得しているような気がするのである。そして会う度に、持田優華が少しずつ綺麗になっている気もして焦りを覚えた。絶望を滋養にして美が獲得出来るなら、今の自分に最も必要な能力はこれではないかと俘実は思った。

と、急にお腹に差し込みがきて小さなオナラが出た。

彼女はすぐにトイレに籠《こ》もったが、腹筋に力を込めても腹は鎧《よろい》のようにびくともせず、腸が動く気配はなかった。半時間ほど座っていると全身に熱が籠もり、トイレから出て洗面台で顔と首筋とを洗った。出かける前にこれはまずいと思い、居間で座布団を枕にして仰向けになった。暫くすると腹痛は治まって、寝返りを打った拍子に比較的長いオナラが何度か出て、少しずつ便意は引いていった。

勇んで出かける気力は失せた。

彼女は昼まで家にいて、ウトウトしたりテレビを観たりして過ごした。正午の時報を聞くと弾かれたように飛び起きて、リュックサックを背負い、台所のテーブルの上に置手紙を置いてから鉄扉を開けて外に出た。

彼女は団地の敷地内の公園のタコ形滑り台の中に潜り込み、スマホの電源を切って母を待った。足元に、誰かが丸めて捨てたメモ用紙があり、開いてみると子供の鉛筆文字で「もののけ」と書かれていた。小さく破って足元に撒き、息で吹き飛ばした。

正午過ぎに、昼休みを利用して戻って来た母親が階段を上っていく後ろ姿を確認した。少し疲れている様子だった。手には、いつものように二人分の弁当の入ったレジ袋を提げていた。

俘実はタコ形滑り台から出て、バス停に向かった。

バスに乗った後も母の残像が、頭の中から長い間消えなかった。

余った弁当は、学校から帰った琴未の夕食になることだろう。

昼間はまだ暑く、バスは空いていて冷房がよく効いていた。

K市は北西が海に面し、南東へ行くほど標高が上がって山がちになっていく。

窓の外の景色はどんどんと緑が増していった。古民家と石垣がポツンとあるバス停で彼女以外の乗客が全員下車すると、その先は谷川に沿った山道となり、バスは唸り声を上げながら上っていった。山肌にへばり付くように建つ古刹と墓地とが見えた。タイヤが砂利を踏みしめながら山道沿いの広場に滑り込むと、そこが終点だった。

料金を支払った時、運転手が笑いながら「有難う」と言ったので、彼女も「有難うございました」と言った。見ると運転手の鼻の穴から、驚くほど長い鼻毛が一本出ていた。広場には小屋が一つ建っていて、中にベンチが一つあった。彼女が立ち去りながら振り向くと、運転手が小屋の中のベンチに腰を下ろして美味そうに煙草を吸っていた。

山の空気は思った以上にひんやりしていた。

山道を更に歩いて登っていくと、持田優華に教えて貰った通り、谷川に架かる橋があった。その橋を渡る途中で下を覗き込むと、思ったより渓谷が深くて驚いた。この川は家の近所を流れる古義川の上流と思われたが、岩の間を流れ下る水は遥かに澄んでいた。水の透明感とくっきりとした水面の陰影、濡れた岩の光沢、飛び交う羽虫。谷川から冷たい空気の塊が昇ってきて、俘実は深呼吸した。頭上には木漏れ日が瞬いていて、風に乗った一匹のカゲロウが彼女の視界を過ぎって高く飛び去っていくのが見えた。俘実は二の腕を擦り、肺に溜まったお化け団地の汚れた空気を、山の澄んだ空気と入れ替えるべく何度も息を吸った。遠い記憶がこの渓谷でずっと身を潜め、今の自分を待っていてくれたような気もした。

橋を渡ってすぐの場所に、四階建てのビルが一棟建っていた。門柱には「河谷集合宿泊所」と刻まれている。河谷はここの地名であり、「真・神塾」はこのビルを所有しておらず、借りているだけなのだと思った。

＋

中に入ると、靴箱の中に若者のものと思しき靴が三十足ほど入っていた。俘実も靴を脱ぎ、ダンボール箱の中のスリッパを一足取って履いた。スリッパにも金文字で「河谷集合宿泊所」と印刷されていた。

事務所の窓口で「済みません」と声をかけると、事務机に向かって指サックを付けた指で帳簿を捲《めく》っていた中年女性が振り向き、帳簿をバタンと閉じると立ち上がって応対した。

「持田さんの紹介で来た斎木俘実と申します」

「体験入学の方ですね」

「はい」

「ここに必要事項を記入して下さい」

書類の中の「塾規則の遵守」「秘密の保持」という項目に目が留まり、小さな文字で守るべき規則がぎっしりと記されていたが、俘実は特に気にすることなく署名した。

「これを持って地下でお清めしてきて下さい」と言われ、タオルを手渡された。そのタオルは如何《いか》にも貸し出し用で薄く、無地だった。

リュックサックを背負ったまま、エレベーターで地下の大浴場へと下りた。脱衣所で裸になると、汗ばんだ体に扇風機の風が気持ちよかった。浴室に入ると床のタイルはほどよく冷えていて、浴槽の湯は少し熱めだった。顎まで湯に浸かると、窓からの光に照らされた水面に大量の垢が帯状に浮いているのが分かった。近付いてくる垢の帯は、手の甲で向こう側へと追いやっても追いやっても寄って来た。

浴槽に面した大きな窓ガラスの外には露天風呂が見え、露天風呂の向こうは古義川で、その向こうは県道と雑木の山だった。俘実は浴槽から出て、タオルを入れた桶《おけ》を手にガラスの引き戸を開けた。開けた瞬間、外気圧との差でヒュンと音がした。外に出ると緩い風に裸の体を撫でられ、その感覚が彼女を一瞬遠い子供時代へと連れ戻した。胸や下腹部、二の腕や首筋の辺りが頼りなく、どこか切ないような心地好さを感じた。露天風呂と外とを隔てる竹塀の傍に立つと、やや大柄の俘実は、低い竹塀の上に胸が出た。塀から下を見下ろすと、古義川に沿って幅一尋《ひろ》ほど地面が左右に延びている。それは道ではなかったが、通ろうと思えば誰でも通れる場所のような気がした。

露天風呂の湯に浸かると、それまで聞こえていなかった谷川のせせらぎの音と鳥の啼き声とが、よく聞こえた。桶からタオルを取り出して絞り、風呂の縁の石の上に置いて枕にし、仰向けになって体を浮かせた。緑に縁取られた青空が見える。視界の隅にゆっくりと旋回する鳶《とび》が現れ、風に流されながら雑木の向こうへと消えていった。

心地好い眠気が訪れた。何もかも、忘れられる気がした。たとえ一時的であれ、忘れることは彼女の気持ちを軽くした。どうせ百千もの悪い噂や悪評は、どんなに払い除けてもまたすぐに舞い戻ってくる。まるで湯に浮いた垢のように。だからこそ、今は貴重なひと時だった。

浴室で体を洗い、洗髪をして再び露天風呂に浸かり、洗面台のドライヤーで髪を乾かしていると、脱衣所に事務室の中年女性が入ってきた。

「何時間入ってるんです?」と言う。

「あ、済みません」

「終わったらタオルをこの箱に入れて、四階に行って頂戴」

「分かりました」

「あなた本当に体験入学生よね」

「はい」

「勉強をしに来たのよね」

「はい」

伃実は電話で持田優華がここでの勉強内容について説明した時、ろくに聞いていなかった。あとでしまったと思ったが、体験入学なので、筆記用具とレポート用紙さえあれば何とかなるだろうと踏んでいた。女性事務員が立ち去った後、脱衣所を出て自動販売機コーナーでよく冷えたブドウ果汁の缶ジュースを買い、脱衣所に戻って籐椅子に腰かけると人心地ついた。ブドウジュースを飲み終えてしまうと、突然自分が空腹であることに気付いた。昼食を食べていない。母の提げていた弁当が脳裏に甦り、彼女は服を着てリュックサックを背負い、再び自動販売機コーナーに戻った。しかし食べるものはスティックタイプのアイスクリームしかなく、チョコミントとグレープシャーベットの二本を買ってトイレに籠もり、薄ら笑いを浮かべながら平らげた。

エレベーターで四階まで行くと会議室があって、講義の声などは聞こえずただ空調の音だけが廊下に漏れていた。そっと後ろの扉を開けると、会議室の中には三十人の生徒が一脚の長机に二人ずつ腰かけて黙々と机に向かっていた。その瞬間、俘実は帰ろうかと思った。机は三列縦隊の一列六脚で、全部で十八脚あった。最後列の三脚が空席だった。逡巡していると、教壇にいた講師が俘実を見付けて右手を差し出し、会議室の窓際の一番後ろの席に座るよう指示したように見えたので、彼女はそこへ移動して腰を下ろした。窓からは周囲の山々が見えた。それは露天風呂からの眺めとは違って、解放感と言うより世界からの隔絶感を感じさせた。

それから午後六時までの約四時間を、ただレポート用紙に自分の思いを書き付けることに費やすことになろうとは、俘実はこの時思いもしなかった。

椅子に腰を下ろした俘実は、まず持田優華がどこにいるかを探した。それらしい生徒はいたが確信は持てなかった。男子の割合は半分ではなく、三分の一ぐらいだろうと思われた。全員が勉強に集中していて、しかしよく見ると一人ひとりが自習しているらしい。俘実はとにかく形だけでも整えようと、リュックサックから筆箱とレポート用紙を引っ張り出して机上に置いた。鉛筆の芯が折れていたので、筆箱からポケット鉛筆削りを出して削った。そして鋭く尖った芯を、白紙のレポート用紙に宛がった。そのままぼーっとしていると、いつの間にか白紙の上に力のない線が描かれていたので消しゴムで消した。

雑木の枝から、鳥が飛び立つのが見えた。鳥には迷いがないと思った。何もすることがないということが、次第に苦痛になってきた。俘実は鉛筆を握り直し、レポート用紙に今日の日付と今の時刻、そして自分の氏名を記した。とりあえずそうしたのである。

それからふと思いついた言葉を書き記した。

「父」

それは文字ではなく、ハンマーをクロスさせた記号の落書きに過ぎなかった。俘実は父について何か書きたいと思ったのではなく、つい図形的に「父」という字を書いてしまったのである。しかし父について何か書くなどという機会は、この先二度とないかも知れないとは思った。

それから暫く考えて、彼女は書き始めた。

「私に俘実と名づけた父は、それが中国語で捕りょの意味だとは知らなかったのだと思う。そんな失敗した名づけはとり消して、別のステキな名前に変えてほしい」

作文は得意ではなかったが、一旦書き始めると意外と淀みなく書き続けられた。

「父は私が四歳のころに家を出ていったそうだが、小学校高学年ぐらいになった時、なんだか近くに父がいるような気配がするようになって、ひょっとすると雇用促進住宅2号棟に住んでいるのではないかと思う。父の顔はまったく覚えていない。でも、学校の行き帰りによく見かける、2号棟の階段から私を見下ろす男の人、あれはたぶん父だ。父と別れた母は、しかし本当は別れておらず、今でもこっそりと会ってセックスをしてるんだと思う。私に妹の面どうをみさせて、自分はセックスにはげんでいたんだ。高校生の私がショップ『ロゼット』のアルバイトをして妹が学童保育にいる間に、店長と私がしていたようなセックスを母と父がしていたと思うと、とても気もち悪い。しかしひょっとすると私のほうが、母や父よりもっと気もち悪いかもしれない。昔から気もち悪いものがたくさんあった。いとこの精液とか店長のおしっことか、本当に気絶するほど気もち悪い。気もち悪いものは、なめてきれいにして、全部胃液にとかして消滅させてしまいたい。私は自分の体もなめてきれいにする。犬とか猫みたいに」

不意にお腹が痛くなり、俘実は下を向いて息を止めた。腸の中で続々とガスの玉が生まれては弾けているのが分かる。ここは我慢のしどころだと思った。

「どうか、これ以上痛くなりませんように」と彼女はレポート用紙に書いた。

しかし腹痛は少しずつ直腸へと下りてきた。

「もしこのまま収まってくれたら、どんなことでもします」

派手に放屁し、この場で脱糞し、生徒達が一斉に振り向く場面ばかりが頭に浮かんだ。そんなことになったら死んだ方がましだと思う一方で、そうなったらどんなに凄いだろうとも思った。合宿に参加する前に入浴しなければならないなんて、よく考えたら普通ではない。神塾というぐらいだから神前という意味でのお清めなのだろうが、祀られているのはよほど潔癖症の神なのか。いずれにせよこんな所で脱糞などしたら間違いなく叩き出されるか、あるいはもっと陰惨な目に遭わされるかも知れない。そう思うと彼女はゾクゾクして、不意に口の端から一筋涎が垂れたので慌てて手の甲で拭った。

時刻は午後三時を回ったところだった。

「ああ、あぶら汗が出る。今すぐ、そっと部屋をぬけ出してトイレに行けばいいだけなのに、どうして私はそうしないいんだろう。長い間『ロゼット』の店長とセックスしていて、もういろいろやりすぎて体がしびれて感覚がまひして死んだようになった時、お尻や顔を叩かれたり首をしめられると、ああ自分は生きているんだって感じてすごく幸せな気もちになった。今もお腹は苦しいけど、ちょっといつもより生きてるっていう感じはする。これは修行な」

そこまで書いた時今までで一番強い痛みがきて、鉛筆の芯が折れた。我慢していると、こめかみを汗が伝った。彼女は筆箱から取り出したボールペンを握って俯くと、通信販売で二千円で買ったストレッチデニムのスキニーパンツの藍色の生地をじっと見つめた。俘実はハッとして顔を上げ、レポート用紙にこう書いた。

「収まった！」

文字の力を当てにしてのことだったが、駄目だった。

その時、前の席にいた眼鏡女子が急に振り向いて俘実の顔を睨みつけるとまたすぐに前を向き、肩にかかったポニーテールを手で後ろに弾いた。それは頭の全ての髪の毛を一本残らず渾身の力で引き絞ったかのようなギチギチのポニーテールで、艶のある突き出した後頭部が本物の馬の尻に見えるほどだった。すると今度は右斜め前のお下げ髪の女子生徒も後ろを振り向き、彼女の顔を一瞥《いちべつ》してすぐに前を向いた。その時、そのお下げ髪の女子生徒が、左手で軽く鼻を摘まむ仕草をしたのを俘実は見た。

「ひょっとして、においしてる？」

レポート用紙にそう書いた途端、鼻腔の中に本当に臭いが漂ってきたので、彼女は辺りの臭気を残らず自分の中に取り込むべく猛然と深呼吸を始めた。臭いは次第に薄まっていく気がした。

ふと気付くとお腹は石のように固まって、腹痛は我慢出来る程度にまで引いていた。

その後高い集中力を発揮して、トイレに行かずに午後六時までひたすら文章を書いた俘実は、「はい止め」という中年男性講師の合図でボールペンを措《お》いた瞬間、ずっと息を止めていたかのように、驚くほど長い息を吐きながら机上に突っ伏した。しかし彼女は、四時間に及ぶこの自発的エクササイズによって何かを得たとか、自己理解が深まったとか、人間力が上がったという気はまるでせず、ただかなりの量の汚物を吐き出したというデトックス効果だけを感じた。

「夕食は六時半。一階食堂に集合して下さい」

中年の講師はそう言うと、教卓の上に店開きしていた自分の家財道具を急いでかき集め、会議室から出ていった。俘実はレポート用紙をパラパラと捲った。数えてみると破綻した文章や落書きのようなものも含め、十五枚分を費やしていた。

十一

講師が立ち去ると、生徒達が席を立ったりひそひそとお喋りしたりし始めた。俘実は腹具合の無事を確認した。そしてハッと気付いて、会議室の中に持田優華の姿を探した。前から三列目に、席を立って背筋を伸ばし、野ウサギのように周囲を見回している優華の姿があった。俘実が手を挙げると、優華はすぐに気付いて近付いてきた。

「来たよ！」俘実が言うと優華は唇に指を当てて、「しっ。大きな声は禁止よ」と言った。

「そうなんだ」

「そうなの」

「私ここに四時間いたよ」

「凄いね」優華は自分の方が余程凄いという顔で、そう言った。

「優華は何してたの？」

「修養」

「修養って何？」

「自分にとって大切なことをすること。俘実は？」

「それなら私も修養してた」

ともあれ二人は、長時間に亘《わた》る修養を終えた達成感と解放感に包まれて笑い合った。聞くと優華は半分は自己省察、半分は受験勉強をしていたという。

周りの生徒達も概《おおむ》ねくつろいだ表情を見せていた。彼らは一見健康そうに見えるが、しかし本当に健康な精神を持った人間が果たしてこんな塾に来るだろうか。ここにいるのは大学進学のみならずもっと大きな人生の課題を抱えている者達で、それだけに皆どこか故障しているような気もして、それは自分も同じだと俘実は思った。

この間にトイレに行っておくべきだと思われたが腹は鋼鉄のように硬く、今すぐどうこう出来る状態ではないと彼女は考え、排泄は食後に持ち越すことにした。

食堂での夕食のメニューは如何にも若者向けのカレーライスとハンバーグで、各々がカウンターから受け取ってただ黙々と食べるだけの味気ないものだった。

「この料理には愛が感じられない」と優華に言うと、「そんなもの入ってるわけないじゃない」と言われ、ここでも大声は禁止だったので二人は「くくく」と笑った。

「優華の部屋はどこ？」俘実は訊いた。

「何言ってんの。大部屋で雑魚寝よ」

「看板には宿泊所って書いてあったけど」

「三階の個室に泊まるのはスタッフだけ」

「雑魚寝って、男子も一緒？」

「二階の同じフロアだけど、パーティションで仕切られてるんだ」

「それで一泊三千円かあ」

「私は五千円よ」

食堂の壁には貼り紙が一枚あった。

「大声は空疎な言葉を生み、空疎な言葉は単純な文脈を生み、単純な文脈は人の心を縛り、縛られた人の心は暴力を生む」

俘実にはこの文章の意味が少し分かる気がしたが、それらしいことが適当に書かれているだけのような気もして、この合宿は信用出来ないと思った。

リュックサックからスマホを取り出して見てみたが、着信履歴には詐欺メールっぽいものしかなく、彼女はスマホの電源を切った。

「夜は何があるの？」俘実は訊いた。

「何かしら？」

「知らないんだ」

「知らない」

「あそこの水、勝手に飲んでいいの?」

「いいと思う」

　俘実は席を立ち、カウンターのピッチャーからコップに水を注いだ。水の入ったコップを天井の蛍光灯の光に透かしてみると、何か微細な浮遊物が踊っていて、立ったままその場で飲み干した。飲みながらふと見ると、厨房の奥で天井を向いた初老の女が海老のてんぷらの尻尾を摘まんで口の中に入れようとしていて、俘実に気付いてセイウチそっくりのギョロッとした目玉を剝くや、向こうを向いて海老のてんぷらを頰張った。スタッフのメニューは海老のてんぷらなんだと思った時、突然お腹の中で爆発が起こり、彼女は「きゃっ」と声を上げて腰砕けになり、その場にへたり込みそうになった。しかしへたり込むことは出来なかった。一瞬の内に出てきた硬目のウンコが、パンティの中でパンパンになってしまっていたからである。優華が駆け寄ってきて何か言ったが、突然水中に投げ込まれたように全ての音が遠くなり、よく聞き取れない。俘実は太腿に力を込めて、じっと中腰の体勢をキープした。パンティの薄く細い布が、尚も出てこようとするウンコをキープし続けられる時間は限られている。実際、スキニーパンツと脚の間の僅かな隙間を伝って、幾つかの固形物が落ちてくるのを彼女は太腿の裏に感じていた。しゃがんで顔を近付けてきた優華に「トイレ」と告げ、体を支えて貰いながら逃げるようにして二人で食堂を出た。背後で、生徒達の声がどっと沸き立った気がした。

　トイレ用の下駄を蹴散らして、スリッパのまま個室に籠もった。

外から「大丈夫？」という優華の声がはっきり聞こえるようになった頃には、お腹の中は殆ど空になっていた。優華に音を聞かれないように何度も水を流していたが、どんな微細な音も聞かれてしまったに違いない。

「うん、大丈夫」

「このリュックの中に下着入ってるよね」

リュックを持ってきてくれていた優華に、俘実は感謝した。

「うん。でもズボンの代えは持ってきてないな。パジャマとジャンパーは持ってきたけど」

「何とかするから待ってて」

下半身裸になり、ティッシュペーパーで股間や内腿の汚れを拭いている内に、事務室からタクシーを呼んで貰ってもうこのまま家に帰ろうと決めた。

「ちょっと開けてくれる？」と優華が言い、俘実が躊躇《ためら》っていると「誰もいないし絶対大丈夫」と太鼓判を押すので開けると、突然脚に水を浴びせられたので彼女はその冷たさに悲鳴を上げた。優華が機転を利かせ、トイレの清掃用のホースで半ばふざけながら体を洗おうとしてくれたのである。水遊びをする小学生のような雰囲気を出そうとする優華のちょっとわざとらしい演出に俘実は余計な気遣いを感じ、どちらかと言うとストレートに迷惑そうな顔をしながら乱暴な扱いをして欲しいと思った。優華が持ってきてくれた事務室の貸し出しタオルで体を拭き、替えの下着に宿泊施設から借りてくれた緩いバギーパンツを穿いて新しいスリッパに履き替えると、漸く人心地がついた。

汚れ物をトイレのモップ洗い槽で手洗いし、ビニル袋に入れて地下のコインランドリーに持っていった。

「こんな汚い物を入れちゃっていいのかな？」

「いいわよ。抗菌って書いてあるし」

ここまでの一連の持田優華の動きを見て、この春先と比べて随分頼もしくなったと俘実は思った。洗濯乾燥機は注水を終えると律儀に回転し始めた。

「そろそろ戻らないと」腕時計を見て優華が言った。

「どこに？」

「二階」

「もう就寝ってこと？」

「何言ってるの。夜中の一時頃まで夜の部があるのよ。昨夜はそうだったもん」

「お風呂は？」

「お清めは朝一よ。俘実も入ったでしょ？」

「私、戻らないと駄目かな。ちょっと体調もよくないし、外の空気が吸いたいんだけど」

「そう。じゃあ私先に行ってるね」

「有難う。リュックを頂戴」

優華を見送ってから、リュックサックを背負ってコインランドリーのブースを出た。

事務室のカウンターを覗くと、中年女性は俘実の顔を見てから腕時計を見た。

「何の用？」

「あの、精算して貰いたいんですけど」優華は言った。

「精算は明日ですよ」

「体調が悪いので、もうこれで失礼したいんどぅっ」

俘実は肝心なところで嚙んだ自分を残念に思った。

「ではこれを」

事務員はレターケースから体温計を取り出して彼女に渡した。

計測の結果は三十六度四分だった。

「平熱ね」

「はい。でももう帰ります」

「それは出来ません。規則ですから」そう言って事務員はバインダーを開き、俘実の署名の入った契約書類の第二十一項を指で差し示した。

第二十一項にはこう書かれていた。

「三十七度五分以上の発熱、痙攣、食中毒、持病の発作等、救急車の要請または緊急の治療が必要な身体的病変や怪我と認められる場合以外の、特に精神的な理由による安易なプログラム離脱はこれを認めない」

　こんな項目は読んだ覚えがなく、実際俘実は面倒だったので小さな文字で印刷されたこの文章を読んでいなかった。

「もう帰るので、タクシーを呼んで下さい」

「駄目です」

　事務員の小鼻には大きな疣《いぼ》があった。

「そんな権利があなたにあるんですか？」

「私はあなたが署名した契約内容に沿って行動しています」

「ふーん」

　俘実は軽く頷くとカウンターからサッと飛び退き、「あ」と叫んだ事務員が咄嗟に伸ばしてきた手を避けて靴箱へと走った。そして靴箱から自分の靴を引っ張り出すと床に叩きつけ、裸足の足に突っかけて玄関から出て行こうとしたが、ガラス扉は施錠されていてガタガタと鳴るばかりで一向に開かなかった。事務室から飛び出してきた事務員は、俘実が鍵を開けようともたついている間に彼女のリュックサックを摑んだ。

　咄嗟に振り向いた俘実は、事務員の疣に数本の短い毛が生えているのを見た。

　俘実は急に家に帰る気が失せ、「分かってますって」と言った。

　事務員はエレベーターに同乗してきて、二階の「大広間」に俘実を放り込んだ。その時事務員は彼女に「それ、うちのバギーパンツよね。それ穿いたまま帰るつもりだったの？　一体どういうつもり？」と言った。俘実はそれは尤《もっと》もなことだと思った。

そして彼女は、「温泉の湯に垢が浮いていたんですけど」と事務員に言った。

「それは湯の花よ」事務員は答えた。

「湯の花って何ですか？」

「溶けずに残った温泉の成分のことよ」

「そうなんだ」

十二

大広間では生徒達が全員、胡坐をかいたり三角座りしたりして車座になっていた。その周りに三人の大人が立っている。その中の一人の女性講師が近付いてきて、リュックサックを部屋の隅の荷物置き場に置くように指示した後、彼女を如何にも適当な感じに円の中に加えた。周囲の冷たい視線を感じた。俘実はすぐに優華を探した。優華は彼女の位置から左百二十度の場所にいて、視線を向けるとスッと目を逸らしたような気がした。

「次」とジャージ姿の若い男性講師が言った。

すると俘実から数人離れた男子生徒が「はい」と答えて喋り始めた。

「僕はカビです。なぜなら生きていくのに水分とか栄養が必要で、特に食パンとか蜜柑が大好きだからです。そして胞子のようにフラフラしていて、菌糸のように、えっと、菌糸のように、手足が細いし、自分で光合成とかして栄養を作れる植物とかって、凄いなあと思います」男子生徒の声は後にいくほど小さくなった。

「お前、何を言ってる。では有機物を自分で作らずに、他の動植物から有機物を取り込むことで有機炭素源を獲得する生物を何と言う？」男性講師が訊いた。

「えっと、有機体、じゃなくて、菌類……かな」

「お前のように他の存在に頼らなくては生きていけない生物は？」

「えっと、友だち依存症」

それを聞いて、数人の生徒が一斉に下を向いて体を震わせた。

「従属栄養生物だ」

「はい。従属栄養生物です。僕にぴったりの名前だと思います」

「次っ」

「はい」と答えたのは、俘実から二人目にいる女子生徒だった。ということは、次の次は自分の番だと彼女は思った。

「私はミノカサです」

ミノカサとは何のことか俘実にはすぐには分からなかったが、聞いている内に昔の雨具の蓑笠のことだと分かった。

「私は自分を犠牲にして人を雨風から守ります。しかしそれだけではありません。私は人と一体化することによって、その人を普通の人から神に近い存在へと変える力を持っています」

「それはどういうことだ？」

「昔の人々は、蓑笠を纏《まと》うことによって人は異形化して呪術的な力を得ることが出来ると考えていました。だから一揆の時には、人々は蓑笠を着たのです。一揆のような行動には、そうやって自分達の力を高めることが必要でした」

「民俗学はいいから、お前が蓑笠である理由を説明してみろ」

覗き込んでみると、その生徒は会議室で俘実の右斜め前に座っていたお下げ髪の女子で、鼻を摘まんだ嫌味な顔が脳裏に甦った。

「えーと、私は人と一体化することによって、その人を精神的に高められます」

「一体化とは何だ？」

「一つになること」

「具体的には？」

「その人と身を寄せ合ったりとか」

「どうやって？」

「気持ちを一つにして」

「気持ちを聞いてるんじゃない。具体的にどうやる？」

「こんな風にして……」お下げ髪女子は両腕で輪を作った。

「相手と抱き合うということか？」

「はい、まあ」

「それで高まるのは相手の精神性ではなく性欲だ。お前は馬鹿なのか？　あとは自分で考えろ。次っ」

　こっそり盗み見るとお下げ髪女子は小鼻と鼻の下を膨らませて少し涙目になっていて、俘実はいい気味だと思った。

　俘実の右隣の女子生徒は「はい。私は樹菜奈《いつきなな》です」と言った。

「よし、次っ」

　俘実は不意に自分の番が回ってきたことに驚いた。自分を何か別の物に喩《たと》えて、その理由を説明するというのがこのゲームのルールだと彼女は曖昧に理解していたが、単に自分の氏名を言うだけでよいということはそれは「パス」を意味するに違いない。

「はい、斎木俘実です」と彼女は答えた。

「人真似はご法度だ。やり直せ」

「はい」

　自分の氏名を答えることは、右隣の女子生徒の一回限りのオリジナルな手だったらしい。機転が利いていると俘実は思った。しかし今は、すぐに答えなければならない。

この時彼女には、自分を喩えるものはただ一つしか思い浮かばなかった。

「私は蛙です」

「人真似はご法度だ。やり直せ」

誰かが既に「私は蛙です」と言ったらしかった。その時俘実は優華がフッと視線を逸らしたことを思い出し、蛙と言ったのは優華かも知れないと思った。それこそ人真似の最たるものではないか。

「私は魔女です」

苦し紛れにこの言葉が口をついて出た時、俘実は自分は何を言っているのだろうと思った。

「説明してみろ」

しかし言葉は出てきた。

「はい。私は汚い物や気持ちの悪い物を自分の中に取り込んで綺麗にすることを、一つの大切な儀式として実践しています。最初は汚い物や気持ちの悪い物を怖がって逃げ回っていましたが、中学生ぐらいから、そんなことをしてもこの汚れた世界からは逃げられないし自分の純潔は守れないと思って、進んで汚い物の中に飛び込んでいく生き方を選ぶようになりました」

それは彼女がレポート用紙に書いた内容の一部だった。

「汚い物を自分の中に取り込むとは具体的にどういうことだ？」

「汚物を舐めたり食べたりすることです」

「汚物とは具体的には何のことだ？」

「唾とか、おしっことか」

「誰の？」

「従兄と、バイト先の店長」

生徒達の中から「おえっ」という声がした。

「どうしてわざわざそんな汚い物を取り込む必要がある？」

「それは唾液や汚物が、儀式に必要だったからです」

「それで？」

「そして私はこの儀式を行ったことで、この汚れた世界を生きていく力を得たのです」

そう言い切った時、俘実は、自分がしてきたことの意味は本当にそういうことだったのかも知れないという気がして、天井の蛍光灯の光が急に眩《まぶ》しくなって目を細め、ひょっとしたら自分にはもう怖いものは何もないのかも知れないと思った。

「それはよかったな。で、それがお前が魔女であることの説明か？」

「はい。魔女は禁じられた悪に触れることで力を得ます。その力こそ悪そのものを克服する力です。この世には差別や苛めや暴力などが山のようにあります。ウンコを漏らした生徒を妖怪扱いするここの生徒達も穢れているし、未成年者に契約させてその契約を盾に監禁するこの塾も穢れた暴力組織だと思います。しかし私はここに留まって、今この瞬間にもあなた方を自分の中に取り込みつつ、魔女として闘っているのです」

　俘実はこの瞬間、自分の前にあった鉄の扉が開いて、新しい地平が開けたような気がした。

　すると若い男性講師が鼻で笑い、生徒達の中から「ブー」とか「カーン」などと声が上がった。

「お前はどうして、自分が食堂でウンコを漏らした事実を、事実としてそのまま認めようとしない？」

「今認めました」俘実はそう言うと、三角座りした裸足の足指を絡ませた。

「なら妖怪とか魔女とかといった戯言《たわごと》を言う前に、ここにいる者全員に謝罪しろ。食堂では今、お前のせいで職員が塩素系漂白剤を使った清掃作業という余計な残業に従事させられている。お前はズボンを穿き替えているようだが、まさか汚れ物をコインランドリーの洗濯機に突っ込んできたのではあるまいな？　それから、もし契約に疑念があるなら、お前の保護者が同意してないかどうか電話して確かめてみろ。次っ」

　俘実は自分が、お下げ髪の女子よりもっと大きく小鼻と鼻の下を膨らませている気がしたが、これは怒りの表情であり、少なくとも自分は涙目にはなっていないと思った。悲しくはなく、あるのはただ怒りだけで、その怒りは持田優華に向いていた。粗相やコインランドリーのことまで公言したに違いない優華に。

「すぐに洗濯物を回収してこいよ」

「コインランドリー、消毒しないと使えないじゃんか！」

「そんなこと言って、あんた洗濯なんか自分でしないでしょ。マザコンの九官鳥なんだから」

「うるせえよダチョウ！」

生徒達の勝手な発言に対して若い講師は「お前ら黙れ」と制した。この講師は茶色いジャージの上下を着ていて背が低く、その姿は驚くほどスズメに似ていた。

その時突然、雷鳴が鳴り響いた。

それに続いてヴィブラフォンの軽快な音が鳴り、英語の男性コーラスが流れてきた。

その曲はカスケーズの「悲しき雨音」という古い歌だった。

畳敷きの大広間の正面に設えられたミニステージの上に置かれたカラオケマシンが、誤作動を起こしたらしかった。そこにいた三人の講師陣の中では辛うじて、夕食前に会議室にいた中年の講師だけが一九六三年発表のこの曲を知っていたらしく、顔で拍子を取って唇を微かに動かしながらカラオケマシンに友達のように近付いていった。中年講師はボリュームを絞ったりスイッチを切ろうとしたりしている様子だったが演奏はなかなか止まらず、他の講師も駆け寄って三人がかりであれこれ試した末、最終的にコンセントからプラグを抜くことでやっと静かになった。

自分を何かに喩えるゲームは、俘実の数人後で一周に達した。

続いて全員が立ち上がり、大広間の中を右回りにグルグルと走らされた。二度ほど持田優華と肩を並べたが、ペースの違いによって遅れたり離れたりして話しかけるのが難しく、途中からどうでもよくなった。十周走ると気分が高揚してきた。「止めー」の合図で全体が止まると、生徒達の体から立ち昇る熱気や汗の湿気や呼気で大広間はちょっとしたサウナ風呂のようになり、空調がフル稼働し始めた。

「よし、円陣を作れ。次は『高速自由連想尻取り』だ！　二語以上が絶対だ！」スズメ講師が言った。

全員が立ったまま大きな円を作り、尻取りはすぐに始まった。

「『真・神塾』で勉強する」「留守番を人に任せた」「他人の空似」「人参を食べる馬」「漫画を読んでいると小説が読みたくなった犬」「ヌンチャクを振り回して勉強机を壊す」「寿司と焼き飯とモカケーキ」「北にどんどん進んでいけば北極」「苦心して楽な生活に辿り着いた修行僧」

一周するごとに全員がバラバラになって新しい円を作った。尻取りは延々と続いたが、それはどこにも行き着くことはなかった。待ち時間も長く、俘実は退屈した。こんな集団からは何も意味のあるものは生まれないのだと彼女は思った。ところがある時から、俘実に近くなると決まって尻取りに一定の特徴が現れ始めた。

「無人の爆撃機が飛び交う」「ウンコは食事中にするものではない」「淫乱高校二年女子のセッ

クスまみれの爛《ただ》れた性生活」「つい漏らしちゃったんですではすまないだろ」

「廊下に立ってなさい」を受けて俘実は「伊能忠敬は日本を精確に測量した」と答えた。

それを受けて尻取りは「頼むからウンコの付いた服を僕達のコインランドリーで洗わないでってば」「バイト先で店長とセックス三昧」「イッてもイッてもイキ足りない淫乱女子高生」と続いた。

「ところであなた、コインランドリーから洗濯物を取ってきたの？」

女性講師が俘実に近付いて声をかけた。見るとその女性講師は撫で肩で首が太く、腰の括《くび》れがないので全体としてスティック糊そっくりだと俘実は思った。

「いいえ」

するとスティック糊は俘実の方に一歩踏み出すと、まるでスティック糊そのもののようにぎゅぅんと首を伸ばして言った。

「今すぐ行って取ってきなさい」

「今ですか？」

「そうよ」

「リュックを持っていっていいですか？」

「そうしなさい」

俘実は大広間を出てエレベーターに乗った。

十三

コインランドリーの洗濯乾燥機は二台あり、俘実が使っている二号機のドラムはまだ回転していた。今にも止まりそうなぐらいゆっくりとした回転だったが、止まる気配はなかった。壁に貼られた図解入りの説明書きには、洗濯・脱水・乾燥は合計一時間で終わると記されていたが、洗濯物を入れてから五時間以上は経過している。取っ手を握って引いてみても扉は開かず、黒っぽいガラスを通してヤル気なさそうに踊っているスキニーパンツとパンティと靴下が熱を帯びてカラカラになっているのが分かる。最初に投入したコインは一回分の七百円だけで、残り時間の表示は60分のまま減っていく様子はない。従って、途中で誰かがお金を継ぎ足したわけでもなさそうだった。俘実は緩慢なドラムの回転を眺めながら、これは故障しているのだと思った。

突然モーターが止まり、中から幾つかの機械音がした後、水が噴射される音がした。洗濯乾燥機のガラスを覗き込むと、水の粒が跳ね回っている。火を噴きそうなほどカラカラに干からびていた洗濯物が、雨に打たれた枯れ草のように色を濃くしてくったりとしている。仕事がなく眠りながら冷えている一号機と比べて、二号機は変な汗をかいていて、その表面は熱を帯びていた。その熱は長時間の稼働の結果と言うより、病気による発熱のように思えた。二号機は暴走している。俘実は、突然鳴り出した大広間のカラオケマシンを思い出した。二つの機械とも、動かなくなるのではなく過剰に動いてしまうという壊れ方をした。彼女は、講師達がそうしたように、コンセントからプラグを抜いてしまえばよいのではないかと考えて機械の裏側に回り込んで覗いてみたが、壁との隙間が狭い上に薄暗くてよく分からなかった。

それから彼女は階段を上って一階の事務室に寄ったが、事務室の灯りは落ちていた。

大広間に戻る気がせず、俘実は一階をブラブラした。

エレベーターの奥に、窓に面してちょっとしたスペースがあり、俘実はそこのソファに腰を沈めた。リュックサックの中からスマホを取り出して見てみたが、母からの着信はなかった。スズメ講師が言ったように、母は「真・神塾」から連絡を受けて合宿の参加に同意したのかも知れなかった。窓ガラスの向こうには笹が植わった小さな庭があり、ガラスに映る自分の顔を彼女は長いこと眺めた。それから項垂《うなだ》れて、寝息を立て始めた。

十四

大広間に戻った時に感じたのは、動物園の匂いだった。

大広間の中央はスライディング・ウォールで男女別に仕切られ、後ろの床に積み上げられた布団セットを各々が担ぎ出して思い思いの場所に敷いていた。

遅れてこれに加わった俘実は隅っこの場所を確保出来ず、持田優華にも近付けないまま、ほぼ女子のエリアの中央部に自分の布団を敷く破目になった。たまたま隣になってしまった女子生徒が、自分の布団を俘実の布団から数センチだけでも離そうと密かに腐心する様子を、彼女は紙のような顔で見た。

大広間の女子エリアに布団が敷き詰められると、一面海のようになった。シーツや枕などを一通り整え終えて枕元に荷物を置いた生徒達は、ピチピチと座ったり寝転んだりしてその雑魚感は半端ではない。俘実はその雑魚の群の目を気にしながら、布団に潜ってバギーパンツを脱いでパジャマに着替えた。寝る時のいつもの習慣で、スポーツブラも外した。脱いだ物をリュックに入れていると、周囲からじっと彼女を見詰める幾つもの視線を感じた。

就寝前、二階のトイレ横の、カランが三つ並んだ洗面台は、男子生徒を寄せ付けない勢いで女子生徒達でごった返した。

廊下の隅に持田優華がいて、スマホを弄っていた。

「尻取りゲームは一時までだと思ってたけど、まだ十二時にもなってないよね」

俘実は持田優華に歩み寄って声をかけた。

「先生達も早く休みたかったんじゃない？」

寝る態勢に入ったすっぴんの持田優華の顔に点在する、普段はコンシーラーを使って消しているらしい肝斑のようなぼんやりしたシミを俘実は数えた。

二人が洗顔と歯磨きとトイレを済ませて大広間に入ろうとした時、俘実は大きく振り上げた拳に乗せられるだけの自分の体重を乗せて、何の前触れもなく持田優華の後頭部を強《した》かに殴った。持田優華はその衝撃で一旦深々とお辞儀し、何とか体勢を持ち直してから俘実を無言で振り向いた。

「私がウンコを漏らして、洗濯物をコインランドリーに突っ込んだって言ったの優華だよね」

俘実が言った。

持田優華は後頭部を手で押さえた。

「私が高二の時、バイト先の店長と『セックス三昧』だと言ったのも、私の顔の『蛙』を盗って『人真似』したのも優華だよね」

「そうだよ」

「どうしてそんな酷いことするのよ？」

「うーん」持田優華は考える振りをしてから、「分からん」と言った。

「何よ、肝斑娘のくせに」

「え？」

「顔中シミだらけじゃんか」

持田優華は頬と後頭部とを同時に押さえた。

「コブが出来たよ」

「御免」

その時三階から、茶色いジャージのスズメ講師が階段を下りてきて、生徒達の間をゆっくりと練り歩いた。

皆が口を噤《つぐ》んで自分の身繕いを急いだ。

「もう寝よう」持田優華が言った。

「うん」

大広間は午前零時半に消灯した。

生徒達は一旦は静かになった。

午前一時頃、持田優華は布団を出てトイレに行き、便器の中にハンバーグとカレーライスの混合物を吐いた。そして布団に戻って来ると間もなく、鼾《いびき》をかき始めた。鼾は次第に大きくなり、やがて往復になった。そこここで押し殺した笑いや「誰かそいつの鼻摘まんで」という声が上がった。男子の方からも「うるさいぞ豚」「おっさんかよ」などと言ってきた。

一旦ウトウトしてから目が覚めた生徒達は、なかなか寝付かなかった。

さっきソファで転寝《うたたね》した俘実もずっと眠れないまま、布団に包《くる》まってじっと周囲の話し声に耳を欹てていた。肝心の言葉は特に声が小さくなったので聞き取れなかったが、聞き取れない部分こそが重要なキーワードだと考えればある程度推理することが可能で、隠された言葉を補って組み立てると秘密の会話は概ねこんな内容だった。

「あのウンコ女、いけ好かないよね」

「持田を後ろから思いっ切り殴ったんだよ。めっちゃ卑怯なやり方。誰か殴り返せよ」

「持田、まじで殴られて調子悪くなったんじゃない？　昨日は鼾なんてかいてなかったし」

「ムカついて寝れない」

俘実は頭まで布団に包まっていたが、秘密の会話は次第に耳にはっきり聞こえるようになって秘密でも何でもなくなってきた。声は互いに嗾《けしか》け合うように大きくなり、抑制が利かなくなってきた。かなり遠くと思われる場所からも、「ウンコ女キモ！」という声が聞こえた。

「殴られっ放しかよ！」一際大きな女子生徒の声がして、俘実は布団の中の暗がりで両目を見開いた。それは明らかに度を越え、間違いなくスライディング・ウォールの向こうの男子エリアにも届く規則破りの大声だった。

「やっちまえよ！」男子エリアからも応答があった。

「舐められてんじゃねーぞ女子！」

「何なら拙者がヤリマンがな！」

掛け布団を通して、踊る光が見えた。誰かが懐中電灯を照らしているのだ。

その時、頭のすぐ近くで衣擦れの音と、それに続いてジッパーを滑らせる音がした。そして紙を繰る音。

「みんなちょっと待って待って待って、大発見大発見大発見、ちょっとちょっと静かにして」

俘実の息が止まった。

「いい？　ウンコ女の作文読むよ！『高校生の私がショップ「ロゼット」のアルバイトをして妹が学童保育にいる間に、店長と私がしていたようなセックスを母と父がしていたと思うと、とても気もち悪い。しかしひょっとすると私のほうが、母や父よりもっと気もち悪いかもしれない。昔から気もち悪いものがたくさんあった。いとこの精液とか店長のおしっことか、本当に気絶するほど気もち悪い。気もち悪いものは、なめてきれいにして、全部胃液にとかして消滅させてしまいたい。私は自分の体もなめてきれいにする。犬とか猫みたいに』だって！　おえーっ！」

「出た、セックス女子高生の手記！」

もう誰も声を潜めようとはせず、大声で叫んでいる。

誰かが大広間の灯りを点けた。

俘実は突然上体を起こし、掛け布団を払い除けた。

目の前に、レポート用紙を読み上げた女子がいた。その生徒は、会議室で俘実の斜め前に座っていたお下げ髪蓑笠女子だった。俘実が飛びかかってお下げを引っ摑むと、お下げ髪蓑笠女子は「痛いっ！　助けて！」と悲鳴を上げ、それと同時に周囲の女子生徒達が一斉に俘実に飛びかかってきた。俘実は比較的大柄で、そこそこ力もあったが多勢に無勢で、簡単に組み伏せられてタコ殴りにされた。頰骨と顎に入ったパンチは特に効いた。俘実の方も手当たり次第に反撃を食らわせ、誰かの顔や腕をかなり強く引っ掻いて悲鳴を上げさせ、爪の中には相手から毟り取った皮膚の手応えも感じた。しかし攻撃に参加する女子生徒達は増えていく一方で、抵抗は途中から殆ど意味をなさなくなった。

　中には全く利かないパンチや弱々しいキックもあって、それは如何にも周りの目を気にしてお義理で攻撃に参加していますという印象で、却《かえ》って精神的に効いてくるものがあった。この集団暴力は彼女達の抱えるそれぞれの人生上のストレスが遠因になっているに違いなく、皆一様に、こんな怪しげな塾を頼らねばならぬほどに追い詰められている自分自身を持て余し、目の前のウンコ女で束の間の憂さ晴らしをしているのだと思われた。

　殴られたり蹴られたりしつつ、俘実の頭の中には食堂の貼り紙の映像が去来していた。

「大声は空疎な言葉を生み、空疎な言葉は単純な文脈を生み、単純な文脈は人の心を縛り、縛られた人の心は暴力を生む」

　大声禁止の決まりは単なる標語ではなく、この塾での経験則だったらしい。

　俘実は何度も布団の上で蹲って石のように固まろうと試みたが、女子生徒達はそれを許さず、手や足を強引に引っ張って仰向けに体を開かせた。体が開くと恐怖は倍になった。その過程でパジャマの袖がちぎれ、下半身からズボンがすっぽ抜け、半裸にされた。こんなに大声の怒声が飛び交っているのに三階のスタッフ達には何も聞こえないのだろうかと思い、その度に、大広間にはカラオケがあるから壁や天井に防音材が入っているのだろうと結論し、この同じ思考が頭の中で延々とループした。

横っ腹に蹴りを入れられて息が止まり、彼女はその瞬間モノになった。髪の毛を抜いてくる手やパンティを引きちぎろうとする手が、女子特有のねちっこさで執拗に攻めてくる。腹の上に乗ってくる者もいた。

「臭っせ！　オナラしたよこいつ！」

「ウンコ女ならウンコもしろや！」

それはいいかも知れないと俘実は思った。ウンコは飛び道具になるから。しかしウンコは出なかった。

俘実はぐったりした。ダメージを受け過ぎて息の仕方を忘れ、胸もお腹も動いていないのが分かる。女子生徒達は、攻撃の手を止めて俘実の顔を覗き込んだ。

俘実は喉の奥から声を出し、呼吸を再開した。

「何だ、生きてるんじゃん」

すぐに脚を蹴られた。

俘実は頭を起こして、自分の体を見た。パンティがなくなって、癖のない陰毛が三角錐になって天を衝いていた。袖とボタンの取れたパジャマの上だけを残して、あとは裸だった。俘実は掛け布団にしがみ付き、その拍子に放置されていた自分のリュックサックを布団の中に引きずり込んだ。

「もういいじゃん」

「あんまりやるとやばいことになるよ」

そんな声も聞こえてくる。

「布団から出ろよ！」そう言ってあくまで俘実を掛け布団から引きずり出そうと頑張っているのは、会議室で彼女の前の席に座っていたポニーテールの眼鏡女子だった。この生徒もお下げ髪蓑笠女子同様、異様な執拗さで虐《いじ》めてくる。俘実が布団を放さないでいると、ポニーテールの眼鏡女子は頭を蹴ってきた。

俘実は掛け布団の中に亀のように首を引っ込めた。

ポニーテールの眼鏡女子の蹴りが、布団の中にまで入ってきた。

その時、これは容赦のない本物の魔女集会で自分は悪魔に捧げられた生け贄なんだという考えが頭に浮かび、俘実は薄笑いを浮かべた。

と、突然ポニーテールの眼鏡女子が無言でその場から遠ざかって、ドンと尻餅を突いた。

その足の甲からは、水漏れしたホースのように細い血が噴き上がっている。白いシーツの上に血が点々と付いた。そこにいた誰もが、悪ふざけの一線を越えたこの状況を見て固まった。

俘実は、布団に隠したリュックサックの中から手探りで筆箱を取り出し、カッターナイフを探り当てて、目の前にあったポニーテールの眼鏡女子の足の甲に切り付けたのである。

凍り付いたその場の真ん中で、俘実は掛け布団を捲って立ち上がると、リュックサックを担ぎ、他の女子生徒達の布団を踏みながら歩き出した。彼女に向かって飛びかかろうとした一人の女子生徒に、俘実はカッターナイフの刃を向けた。そしてその刃をスライドさせてゆっくりと空気を切った。女子生徒はそれ以上は近付いてこなかった。

大広間の入り口には男子生徒達が鈴生りになって、女子エリアの様子を覗いている。何より彼らの視線は俘実の半裸の体に注がれていたが、彼女が近付いて来るに連れて次第に鮮明になってくる乱れた髪、目の隈、打撲痕、内出血による皮膚の変色、そして何より彼女に加えられた暴力をただ傍観していただけの自分達に対する冷え切った眼差しに気圧《けお》されて、誰一人勃起する者はなかった。

俘実は大広間から出て行く瞬間、布団に横たわっている持田優華の方をチラッと見た。持田優華は土嚢のようだった。

男子生徒達の間を抜けて廊下に出ると、下半身裸のまま階段を下りていった。遠ざかって行くその後ろ姿、特に良く発達した尻肉を見て数人のペニスが初めて少しだけ動いた。

十五

俘実は階段で地階まで下り、コインランドリーに向かった。なぜか二号機の扉は開いたが、中を覗くと空だった。誰かが持っていったのだ。恐らくそれはスティック糊だと思った。きっと朝の入浴前に、返してくれるつもりなのだろう。今頼れるのはスティック糊だけかも知れないと彼女は思った。しかしこれから三階に行ってスティック糊の部屋を探し出し、ことの顚末を話して相談に乗って貰うようなことは考えられなかった。二階はどうなっているのだろうか。男子生徒のことは気にもならなかったが女子生徒達の沈黙は不気味で、僅かな思考停止の時間の後に、我に返った彼女達が大挙して殺しに来るのではないかと思い、怖くなった。

俘実は階段を上り、下足箱から靴を取った。施錠された玄関のガラス扉の開け方が分からず、ガタガタやっている内に、上の階から声が聞こえてきたのでそこから離れて奥へと走った。

エレベーターの奥のソファを通り過ぎようとした時、ブーンという音と「そんな格好で出て行くの?」という声がした。

見ると太いうなじをこちらに向けてソファに座ったスティック糊が、電動式髭剃りで顎を撫で回しながら窓ガラスに映った下半身裸の俘実を見ている。ブーンの音が消えるとスティック糊は立ち上がり、「ほれっ」と言って俘実に服を渡した。それは俘実のスキニーパンツとパンティと靴下だった。その場でスキニーパンツを穿こうとした時、ランプが光ってエレベーターが下りてきた。俘実は慌てて服をリュックサックに詰め込み、「先生有難う」と言って下半身裸のまま走って逃げた。

「突き当たりの裏口から出なさい」とスティック糊は言い、すっかりツルツルになった顎を撫でながら、一日限りだった生徒の後ろ姿を見送った。

廊下の突き当たりのアルミのドアがあった。

俘実は小さな土間に投げた靴を履きながら、サムターン錠を回してドアを押し開いた。冷たい風が肌を刺した。

彼女はそのまま外へ出た。

すぐ傍に古義川の瀬音が聞こえる。

左手にボイラー室があり、その向こうには露天風呂の薄明かりが見える。俘実は露天風呂とは反対の方向、即ち橋に向かって走った。古義川の川面から、冷え切った風が吹き上げてくる。彼女は立ち止まり、背負っていたリュックを下ろしてスキニーパンツを取り出そうとした。その時、真っ暗な橋の方に幾つかの光の筋が踊った。少なくともその内の一つが目の中に飛び込んできたので、彼女は咄嗟にその場にしゃがみ込んだ。

「いたか？」

「いないな」

「あっち」

スタッフの声がする。「あっち」と言ったのは明らかにスティック糊で、懐中電灯の光が一斉に向こうに振られた。スティック糊が男性スタッフ達の注意を逸らしてくれたこの隙に、彼女は露天風呂の方へと舞い戻った。俘実が河谷集合宿泊所から外に出るのは施錠された玄関のガラス戸からではなく、裏口のサムターン錠のドアを利用するしかないということに他のスタッフのいずれは気付くに違いない。その前に、山の中へと出来るだけ遠くに逃げ込むしかなかった。竹塀の隙間から覗くと、女湯の露天風呂には二人の女がいた。誰でも入れるこの幅一尋の地面からこんなに女湯がはっきり見えるのであれば、きっと多くの心無い男達が「覗き」を実行しているに違いなかった。露天風呂の二人の女の一人は間違いなく中年の事務員だった。自分が入浴している最中に、一度は途中退去を阻止した件《くだん》の女子生徒が、規則を破ってまんまと脱走したことを知ったら、規則にうるさいこの事務員はどんな顔をするだろうかと彼女は思ったが、しかし意外と平然と受け流すだろうという気もした。もう一人は、食堂の厨房で海老のてんぷらを摘まみ食いしていた初老の女に似ていた。その時、竹塀越しにその女と目が合い、初老の女の目が見る間に真ん丸になり、セイウチにそっくりになった。俘実は飛ぶように逃げた。

耳の中で古義川の瀬音と虫の声がうわんうわんと鳴り響き、そこに大人達の声が交じってくるようで怖くなった。河谷集合宿泊所を過ぎると忽ち《たちま》行く手は真っ暗になり、自分の指すら見えなくなった。振り向くと、幾つもの懐中電灯の光が乱れながらこちらに迫って来ていて、彼女はそのまま闇の中へと突っ込んで行った。そして河谷集合宿泊所から走って数秒の地点で、雑木の枝に喉を引っかけて背中のリュックごと仰向けに倒れた。慌てて体を起こそうとした時、右手を突いた場所に地面はなく、彼女の体は大きくバランスを崩し、深い崖の斜面をズルズルと古義川へと落ちて行った。

十六

サイレンの音がして、闇の中の県道を救急車のヘッドライトが走り抜けて行った。

救急車が河谷集合宿泊所の前に停車すると、サイレンの音は消えた。救急車は、二人の女子生徒と「真・神塾」のスタッフ一人とを積み込んだ。救急隊員が救急病院に電話を入れ、尾割病院への搬送が決まると、救急車は再びサイレンを鳴らしながら走り出した。

救急車が走り去った県道の脇を流れる古義川に沿って、両袖とボタンのないパジャマを羽織ったパンティ一丁の斎木伃実が、闇の中、岩の上を手探りしつつ震えながら歩いていた。背中に背負ったリュックサックの中身は、スキニーパンツやスマホも含め、全ての物が濡れた。七時間以上も働き続けたコインランドリーの洗濯乾燥機二号機の労苦が、リュックごと古義川に突っ込んでしまったことで台無しになっていた。

頭上の県道を救急車が走り去って行った。懸命に崖を攀《よ》じ登り、県道まで這い上がって救急車を止め、自分も病院に運んで貰えればどんなによかっただろうと伃実は悔いた。しかしそんなにタイミングよく、潅木と岩と雑草に覆われたこの急峻な崖を登り切れるとはとても思えなかった。

この崖から滑り落ちた時、下半身裸だった彼女は無数の擦り傷と切り傷とを負い、特に尻や太腿、脇腹にはかなり広範囲に擦過傷が出来た。擦過傷は、触ると血脂でネチャネチャした。

全身は寒いのに傷の部分だけは熱を持ち、唐辛子を塗ったようにヒリヒリするので時々川の水で冷やさなければならず、スキニーパンツは穿かずにパンティ一枚でいる。胸を締め付けるスポーツブラも着けずにいた。もしリュックサックを背負っていなければ、背中はずる剝けになっていたことだろうと思うとゾッとした。幸いなことに骨折や捻挫は免れ、こうして歩けてはいる。

　崖を登れるポイントは必ずどこかにある筈で、そこまでは頑張ろうと心に決めていたが、時として雑木のトンネルに星明かりが遮られ、辺りが真の闇に包まれると、恐ろしさと寒さで震えが止まらなくなり、このまま死んでしまうのではないかと思うと脳みそが捻じ切れそうになった。

　人間が作った県道のずっと下で、人間が殆ど見ることのない世界が展開していた。人間は普通、こんな時間にこんな場所にいない。何度も顔や体に引っかかっては伸び切るだけ伸びてプツンと切れる蜘蛛の糸。耳元にしつこく寄って来る蚊。恐ろしく大きな音を立てて闇を過ぎっていく虫（きっとカナブンだ）。川の中から突然跳ね上がる魚。こんな真夜中に、彼らの世界はとても忙しい。不安定な岩場は歩き辛く、足の裏が何度も攣《つ》りそうになる。一刻も早く体を乾かしたかった。身に着けているパジャマとパンティは風を受けて幾分かは乾きつつあったが、それでもまだ冷たく、防寒の役には殆ど立たない。時々、太腿の外側に刺すような痛みがあり、その度に彼女は立ち止まって全身を震わせた。擦り傷の血をブヨか何かが吸いに来るのか、既にダニのようなものがへばり付いているのか、それともヒルだろうか。古本屋で『ヒルが吸いつく』という漫画を読んだ記憶があり、忘れられない。川の中には、肛門から人間の体の中に入ってくる寄生虫も存在するらしい。

俘実は頭を振った。

今何時だろうか。

時々潅木や大きな岩が迫り出していて、行く手を遮られた。川の中へと迂回すると、流れに足を取られそうになったり、何かが勢いよく脚に当たったりした。それは木の枝の場合もあれば、オオサンショウウオの場合もあった。オオサンショウウオの筈はなかったが、そうでも理解しないと不気味過ぎて頭がおかしくなりそうだった。

十七

服部隼人は昨日、久し振りに引きこもり民間支援団体「青い翼たち」に顔を出した。参加したのは午前中だけだったが、短時間でも人と接したことで精神が極度に疲弊し、帰宅すると薬を飲んでそのまま夜まで眠った。午後九時頃に起きてトイレに行き、部屋に戻るとたまたま廊下の木製チェストに夕食の盆を運んできた母と鉢合わせした。

「ちゃんと食べないといかんぞ」母が言った。

服部隼人はそれには答えず、部屋の引き戸を開けた。引き戸を閉めようとすると、盆を持った母が目の前に立っていた。

「何だよ」

「これ、部屋の中に入れといてやるから」

盆の上には親子丼と、牛蒡とひじきの炒め物、小さな蒟蒻ゼリーが二個載っていた。

「いいから廊下に置いといて」

「ちょっとそこに置くだけでないの」母はそう言って部屋の畳の変色した部分を目で指し示しながら、引き戸の内側に盆と爪先とを入れてきた。

服部隼人は両目を剝いて「ぅるるるる、やゃぁめぇろぉょぉぉ」と唸り声を発した。

畳に視線を落としたまま尚も部屋への侵入を試みようとする母を、服部隼人は「止めろって言ってるだろうが！」と叫んで両手で突き飛ばした。母は盆を持ったまま廊下に仰向けに倒れ、親子丼の中身を浴びた。倒れる瞬間、母の左手は咄嗟に引き戸の縦枠を摑んでいて、その結果母の体は右に半回転して倒れ、廊下で頭を打つことを免れた。

服部隼人は一瞬、親子丼まみれの母の姿を凝視した後、引き戸をぴしゃりと閉めて、中から南京錠をかけた。そして机のパソコンに向かうとヘッドフォンをして延々と音楽動画を視聴した。ボリュームを最大限上げても、母の嗚咽が聞こえてくる気がした。何という頭の悪さだろうかと、彼は心の底から絶望した。母に部屋に入って来られることが自分にとってどんなに致命的なことか、ただその一点だけを彼は二十年以上に亘って母に説いてきたにも拘わらず、無理矢理足を捻じ込もうとしてきやがった！

少し冷静になってくると、乞食のようだった髭を綺麗さっぱり剃った彼が昨日久し振りに「青い翼たち」に行ったことで、母は息子がある程度「回復」したと信じたかったのかも知れないという気がした。

服部隼人が昨日「青い翼たち」に行く気になったのは、一昨日の夜、コンビニの外で煙草を吸っていた時に裸女を見たことによる気分の高揚が原因だった。そのイキモノは素晴らしい太腿と尻の持ち主で、彼の弱った脚ではとても追い付くことは出来ない俊敏さで、夜の県道沿いの歩道を遠ざかって行った。彼はそのイキモノを一年前の夜、K市営共同墓地の父の墓に参った時にも一度目撃したことがあったが、その時は幻覚だと思った。しかし一昨夜見たイキモノには実体があった。裸足の足が歩道を走るタッタッタッタッという音まで、彼はしっかりと聞いた。その時感じた得も言われぬ解放感に、彼は恍惚となった。そして、帰宅すると何週間振りかのシャワーを浴び、髭を剃ったのである。

顔が全裸になった気がした。

人間にとって「普通」の衣服を身に着けるということが社会的な決まりごとに従っていることの表明であるとすれば、イキモノはそれを拒絶した自由な存在で、恥ずべきものを隠すという点では、家も衣服の延長に過ぎない。家の中で裸になることは屋根と壁で出来た衣服を着ているに等しく、家の外で裸になってこそ国や社会の拘束から自由になって真に生きるイキモノになるというのが、彼の抱く凡庸な思想だった。

「騙されてたまるか、へんっ！」彼は顎を撫で回しながらそう言った。

長いトンネルの出口が漸く見えた気がした。

彼は部屋から外に出た。もしかすると廊下に、親子丼を浴びたままの母が倒れているのではないかと恐れたが、廊下はピカピカに磨かれていて、木製チェストに置かれた盆の上にはやや小さめの碗に盛られた親子丼が載っていた。

外は未だ暗かった。

三軒隣の桜ちゃんの家は皆寝静まっていて、窓の灯りは点いていなかった。まだとても桜ちゃんと言葉を交わす勇気はないが、いつかは挨拶ぐらいは出来るようになるかも知れず、もし話が出来るようになった時には、小五の三月十四日にうっかり「口ひげ桜」と言ってしまった痛恨のミスを二十年以上に亘って謝れずにきたことを、心の底から詫びようと彼は考えていた。

東の空が濃い紫色になっている。

未明の空気はそれほど冷たくはなく、昼間は夏日の予報だった。服部隼人は背筋を伸ばして歩いた。母のことは、極力考えないようにした。国道を走るトラックだろうか、派手なクラクションとエンジンの音が聞こえ、そして遠ざかっていった。国道を越えてホームセンターの脇を通り、地下道を潜った。Ｋ市営の共同墓地を過ぎ、斎場の敷地を抜けると、車道の向こうに精神科病院「ナジャ病院」が見えた。服部隼人は定期的にこの病院にかかっている。あくまで安定剤や睡眠導入材などの薬が目的で、医者の言葉など全く信用していなかった。

横断歩道を渡って病院の前に立つ。

診察時は大概昼前の時間で、こんな早い時間にここに立つのは初めてだった。

未明のナジャ病院は、魔法使いの館のようだった。

医者でも薬でもなく、彼はこの精神科病院の古い建物や周囲の土地に何か感じるものがあり、それが自分がこの病院に通う本当の理由らしいことにこの時初めて気付いた。

病院は古義川沿いに建っている。

歩道を少し歩く。すると古義川に架かる橋の袂《たもと》に、市の立てた看板を見付けた。それは史跡の案内で、この地には僧兵集団の城があったと書かれていた。三十間四方の本丸に三重濠をめぐらせた城内に九千五百名の僧兵が立てこもり、時の権力者の猛攻にも落城しなかったとある。服部隼人は歴史に余り興味がなく、斜めに読み飛ばした。

橋の欄干に凭れ、古義川の下を覗き込む。

川面には薄っすらと霧がかかっていた。

古義川には周囲の雑木林から重々しく竹や笹が垂れていて、両岸には幅の狭い砂利の川原が細く長く続いている。

次第に東の空が明るくなってきた。

背後の車道を車が走り過ぎて行く。

服部隼人は、古義川の奥の方に向けてじっと目を凝らした。

その時、交差点の赤信号の点滅速度が急に速くなった。

不穏な気配を感じて、彼は古義川のずっと遠くを見た。

するとそこにイキモノの姿があった。

それは二体いて、川を挟んで互いに対峙しているかのように見えた。しかし次の瞬間には、眼精疲労した彼の目は忽ち焦点ボケして、その姿は雲散霧消した。二対のイキモノというのは、如何にも現実的でない気がした。僧兵の霊かも知れなかった。

赤信号の点滅には加速度が付き、暴走し始めていた。

彼は橋の上で何度か大欠伸をした。

涙で世界がブヨブヨになった。

十八

木村麻奈は午前三時半頃、目を覚ました。

昨夜、海外出張中の夫の学《まなぶ》から連絡があり、急遽の帰国を知らせてきた。反政府勢力による

テロ攻撃で取引国の政情が一気に不安定化し、内戦が本格化しそうな雲行きとなって、予定し

ていた仕事が全てキャンセルになったというのがその理由だった。

木村麻奈は居ても立ってもいられなくなり、ベッドの中で裸になって下着を洋服ダンスに仕舞い、紺色のワンピースとデッキシューズとを取り出した。紺色のワンピースを着てフロントジッパーを上げると、二階の貴子を起こさないように忍び足で、玄関からそっと外に出た。ドアを施錠し、鍵をペチュニアの鉢の下に隠す。カーポートのベンツの横から自転車を引き出し、走らせた。

思ったより寒くはなかった。

途中一台のパトカーと擦れ違ったが、チェーンの具合がおかしい振りをして後ろを向き、視線を逸らした。ライトは点けていた。

地下道を滑り下り、力一杯漕ぐことで上り坂を上り切ることが出来た。市営の共同墓地には、こんな時間に高校生らしき男子の二人組みが街灯の下で話しながら煙草を吸っていた。木村麻奈は、ペダルを踏む足に力を込めて走り去った。斎場の敷地を過ぎ、赤信号の点滅する車道の交差点をナジャ病院の方へと渡る。そして真っ暗な病院の脇の道へと、自転車を進ませた。

病院の壁の上には有刺鉄線が張り巡らされ、そこに白い軍手が一つ引っかかっていた。

壁沿いの狭いこの道には、裏門を出入りする業者の軽トラックや箱型バンのせいで至る所に穴が開き、自転車のライトが沢山の黒い影を作った。

病院の裏口は常に開いていて、車道に面した病院正面には門すらなく、誰でも病院の敷地内に入ることが出来る設計になっている。閉鎖された病院ではないという思想の表れらしかった。

裏口まで来ると、木村麻奈は自転車を降りて押した。

ナジャ病院の建物からは、ずっと周波数の低い音が聞こえてくる。廃車の軽トラックの陰に自転車を隠すようにして置くと、彼女は芋畑の縁を通って雑木林の中へと入って行った。病院の方を見ると、多くの暗い窓の中にあって幾つかの窓だけが非常口誘導灯や非常ベルのランプによって緑や赤に染まり、微かに「よぉーー」という声が聞こえてきた。

雑木林の中には、木々の間を縫って人間が踏みしめた細い道が下っていて、木の枝に摑まりながら下りていくと、やがて空気が冷たくなって古義川の川原に出る。その場所からは川に覆い被さる竹や雑木の隙間から、車道にかかる橋の欄干が交差点の赤信号の光を反射して点滅するのが見えていたが、車道の方からは死角になっている筈だった。木村麻奈はその場所でワンピースとデッキシューズを脱ぎ、石の上に丸めて置くと、冷たい砂利を踏みしめながらゆっくりと上流に向かって歩いて行った。

蛇行する古義川に沿って歩きつつ、時々後ろを振り返ると橋から丸見えになっている場所もあり、橋の上を過ぎっていく歩行者の影が見えることもあった。川原が途絶えて乾いた砂利がなくなっている場所では、古義川の水の中を歩いた。痺《しび》れるほど冷たい水に浸した足が濡れた砂利に沈み、足指の間に細かい砂利が入り込んできた。木村麻奈は発作的にその場にしゃがんで川底に膝を突き、川の水を両手で掬《すく》って乳房や腹や肩に塗り付けた。上を見るとスーパー銭湯の駐車場の壁があり、その向こうに少し青みがかった未明の空が広がっている。濡れた体を微風に撫でられ、ブルッと震えた。

振り返ると、ナジャ病院から随分と離れた場所まで来ていたが、その場所からは車道の橋がダイレクトに見えている。

と、その時彼女は、古義川の上流の闇の中に、薄ぼんやりとした白っぽいものが左右に不安定に動いているのを見た。よく見るとそれは、こちらに向かって近付いて来る。木村麻奈は咄嗟に川岸の潅木に身を寄せると、枝の下にしゃがみ込んだ。

近付くに連れて、その白いものが人であり、しかも女であることが疑い得なくなった。

下半身は暗い色のズボンを穿いているが、チョッキのようなものを纏った上半身の前ははだけて白い肌を露出させている若い女だった。リュックサックを背負っているらしく、両肩のストラップを握り締めていた。酷く疲れている様な重い足取りで、ゆっくり歩いて来る。時々、砂利に足を取られてよろめいた。そして立ち止まり、下を向いて肩を窄《すぼ》め、そのまま数秒間動かなくなってから、再びゆっくり顔を上げて歩き出す。その姿は、遭難した登山者が、数日かけて自力で下山してきたかのようだった。

若い女は、靴底で砂利を踏みつつすぐそばまでやって来た。木村麻奈はうかうかしている内に、最早自分が若い女の視界から逃れられない場所にいることを悟った。今から移動しても確実に見付かってしまうし、移動せずにここに蹲っていても早晩姿を見られてしまう。彼女はその場にスッと立ち上がった。

若い女が足を止めた。

初めて木村麻奈の姿を見た若い女の目は、真ん丸に見開かれた。そしてその視線は、木村麻奈の全身を上から下まで何度も往復した。木村麻奈はじっと動かずに女を見返した。

その女は、まだ二十歳にはなっていないだろうと思われた。

乱れた髪には枯れ葉が絡まり、顔や腕に何ヶ所か痣《あざ》や内出血の痕がある。全体的に酷くダメージを受けている様子だった。暴行された女、という形容が最も当て嵌まりそうだった。どこから古義川を下ってきたのだろうか。やっと出会えた一般市民が全裸の女であったことに衝撃を受けているとも取れる顔で、救いを求める対象としてどうなのか判断に困っているようにも見えた。寒いのか、微かに体が震える瞬間がある。

二人はそうやって、数メートルの川幅を挟んで長いこと対峙していた。

やがて若い女は身を捩じらせて肩からストラップを外し、リュックサックを砂利の上に置いた。それから破れたチョッキを脱いだ。若々しい乳房だった。続いて、腰を小刻みに揺さ振りながら慎重に藍色のスキニーパンツを脱いでいった。脚に怪我をしているらしく、痛そうに息を止めながら時間をかけて脱ぎ終えた時、木村麻奈はその女の太腿の外側が広範囲に黒光りしているのを見た。広範囲に皮が剝け、赤身が露出しているらしい。

女は靴とパンティも脱いだ。

そして脱いだ物を全部リュックサックの中に詰めると、再び木村麻奈と対峙した。

全身に暴行の痕が認められたが、女が全裸になったのは、体に負った傷を木村麻奈に示すためだとは思えなかった。相手が普通の女ならそれも有り得たかも知れないが、目の前にいるのは全裸の女なのである。

二人は暫くじっと見詰め合った。

夜明けの薄明かりが、古義川に溜まった闇を少しずつ蒸発させていった。裸でなければ感じられないほど微細な、冷たい空気とほんのり温かい空気との入れ代わりが辺り一帯に生じていた。

木村麻奈は自分の胸に手をやり、乳首を摘まんだ。

すると若い女も同じように自分の乳首を摘まんだ。

木村麻奈が股間に指を宛がうと、若い女も股間に指を宛がった。

木村麻奈が自分の体を撫で回すと、若い女も自分の体を撫で回した。

その間、二人は何かに取り憑かれたように、半眼になったり瞼を閉じたりした。

二人は立ち昇る薄い霧を鼻腔に吸い込み、朝の古義川の匂いを嗅いだ。

木村麻奈が視線をふと車道の橋の方に振ると、橋の欄干から身を乗り出すようにして明らかにこちらを見ている人影が見えた。しかも信号機の赤い点滅が異様に速い。彼女はその瞬間、身を屈めながらもと来た方へと全速力で駆け出した。残された若い女は、天狗のように走り去って行く木村麻奈の後ろ姿を目で追いながら古義川を渡り、特に急ぐでもなくその後を追った。

その全裸の中年女を見た時、斎木伃実は最初、この近くにある精神科病院から脱走した患者に違いないと思った。中年女は右の乳房しかなく、左胸は扁平で、脇の下にかけて斜めの縫い痕が走っていた。腹も肉も幾分弛《たる》んでいて、一見妖怪じみていたが、じっと見ている内にその目は少なくとも凶暴な人間のものではないことが分かってきた。そして少しずつ、自分よりもずっと裸であるこの中年女に、どこか慰めのようなものを感じ始めた。自分はこの世の最も低い場所にまで堕ちたと思っていた人間が、更に深い穴の中にもっと悲惨な人間を見付けた時のような、それは一種の憐憫を含んだ慰めだった。

斎木伃実は中学校の教科書で読んだ芥川龍之介の「蜘蛛の糸」を思い出した。釈迦が地獄に堕ちた罪人を極楽から眺め下ろしていたのも、気紛れに蜘蛛の糸を垂らしたのも、極楽が暇だったからだと中学生の彼女は考えた。地獄の酷さを絶えず確認していなければ退屈過ぎる極楽の良さが全く感じられなくなっていた釈迦は、平安過ぎる極楽こそ地獄だと感じていたに違いない。幸せとはかくも相対的なものであり、従って全裸の中年女の存在は斎木伃実に束の間の幸せをもたらしたのだった。

少しでも寒さから身を守ろうとして身に着けた濡れた衣服は決して寒さを防げなかったし、寧ろ体から体温を奪った上に、特にスキニーパンツは一種の拘束衣のように下半身を縛り付けてきて、太腿の擦過傷がずっと擦られて痛かった。

中年女に誘われるようにして自らも全裸になってみると、昨日の露天風呂の時に感じた遠い子供時代の心地好さに全身を包まれた。夜明けが近く、空気の粒子が心なしか温かさを含んでいるような気もした。

中年女が右乳首を摘まんだ時、斎木偀実は自分の両乳首を摘まんだ。

その時、中年女の目がふっと穏やかになったような気がした。

もしそれに続く一連の性的パフォーマンスと彼女へと向けられた視線がなければ、中年女が突然彼女の前から走り去ったことに斎木偀実はただ呆然とするしかなかっただろう。ずっと向こうの車道では交差点の赤信号が狂ったように点滅していた。その赤い光を浴びながら遠ざかっていく白い裸が立ち止まった時、斎木偀実は中年女がこちらを振り返って精確に視線を合わせてくるのを見た。しかしそこに何かのメッセージを読み取ることは出来なかった。

そして中年女は雑木林の中へと、消えて行った。

何か事情がありそうな、しかしそれを自分独特のやり方でギリギリのところで解消しているような、そんな危うい精神のバランスを感じさせる女だった。

中年女が消えた場所に立った時、彼女は潅木の間を縫って雑木林へと続く細い獣道を見付けた。中年女が、この道を上って日常世界へと戻って行ったのは明らかだった。斎木偀実はその場所で暫くの間全裸を楽しんだ後、リュックサックの中から冷たい服を引っ張り出して着た。

今回はスポーツブラも身に着けた。着衣の最中に、誰かの声を聞いた気がした。一瞬中年女に呼ばれたのかと思ったが、それは男の声だった。

雑木林を抜けると芋畑に出た。

古義川という地の底からやっと這い出ることが出来たと思った瞬間、全身に、リュックサックを振り落としてしまうほど震えがきた。

全身の関節が痛い。

斎木俘実は自分が風邪を引いていることに気付いた。

「誰だ？」男の声と共に、懐中電灯の眩しい光を浴びた。

「………………」咄嗟に声が出ない。

「こっちに来なさい！」

それは、白い服を着た男だった。男の背後には精神科病院の建物が建っている。患者だろうか。襲われたらカッターナイフで殺してしまおうと考え、彼女は肩からリュックサックを下ろして手探りした。

「何をしている？」

近付いて来た男は白い前掛けをしていた。病院の調理員らしかった。

「別に」斎木俘実は答え、尻ポケットの中にカッターナイフを忍ばせた。

「ちょっと来なさい」

斎木俘実はこうしてナジャ病院に保護された。

夜勤の看護師に計測された彼女の熱は、四十度に達していた。

十九

玄関扉の鍵を開く音がした。

娘の貴子はパジャマのままキッチンのテーブルに肘を突いて、リビングの大型テレビでNHKの六時のニュースを眺めていた。

「あら、早起きじゃない？　そんな格好じゃ、風邪引くわよ」廊下を歩いて行く母が、チラッとキッチンを覗いて言った。

「どこに行ってたの？」

「ちょっと自転車で朝の散歩」

貴子は廊下を通り過ぎた母の紺のワンピースと、スリッパを履いていない裸足の足とを見た。

浴室の折れ戸を開く音がして、キッチンの給湯器のパネルが光った。

貴子は席を立ち、母のいる浴室へと裸足で駆けて行った。

シャワーの音がする。

脱衣場の洗濯機の上に紺のワンピースが丸めて置かれていて、顔を近付けると冷えた外気の匂いがした。

「置手紙、置いていってよ」折れ戸の樹脂パネルに映る母の影に向かって、貴子は言った。

「何？」

「置手紙が置いてなかったよ！」

「ああ、そうか」

「お父さんはいつ帰って来るの？」

「何？」

「お父さんはいつ帰って来る？」

「今週中には戻るでしょ」

「今週のいつ？」

するとシャワーの音が止まり、折れ戸が開いて母の裸が覗いた。

「タオル取って」

貴子は棚から大きめのタオルを取って母に渡した。

「多分、土曜日」

「土曜日か」

貴子は母がタオルで左胸をゴシゴシ拭くのを見た。

「新聞取って来て」母が言った。

「取って来なかったの？」

「お願い」

貴子は玄関に向かった。その時、足の裏に廊下のざらつきを感じた。

三和土《たたき》に、母が脱ぎ捨てたデッキシューズが「ト」の字になっていた。その靴を履くと、温もりと同時に土や砂の違和感があった。貴子は玄関の板間に腰を下ろして母の靴を脱ぎ、三和土に踵を付けて、デッキシューズの中の砂を落とした。靴底には泥が付いていた。それから自分の足の裏を叩き、再びデッキシューズを履いて外に出た。

外はかなり冷え込んでいて、貴子は首を竦めた。

新聞を取って家に戻ると、奥の寝室から出て来た母はスウェットの上下を着て、足には靴下とスリッパを履いていた。そして母はキッチンで薬缶とフライパンをガスコンロの火にかけ、フライパンにオリーブオイルを垂らした。

「着替えてらっしゃい」

「はーい」

貴子が着替えて、ランドセルを持って二階から下りてくると、テーブルの上にはいつもと同じトーストとハムエッグとコーンスープとミルクが並んでいた。

「食べよ」と言った母の顔は、すっかり日常のそれだった。

テレビは、二日前の深夜に高速道路で起こった、車六台が関係する死者四名、重軽傷者七名の交通事故の続報を伝えていた。

「事故原因は当初、トレーラーの運転手による居眠り運転が原因とされていたが、この運転手はその後の取調べに対して『エンジンが勝手に噴き上がった。世界を制御出来なかった』などと別の供述をしているということです」

その時、母が笑ったように見えた。

「どうしたの？」貴子が訊いた。

「別に」

母はトーストと笑いを一息にミルクで飲み下した。

「ねえ」貴子が言った。

「何？」

「裏切り者はどうしたらいいと思う？」

「苛めは駄目よ」

「苛めじゃないよ。でも一応考えとかないと」

「どうして？」

「昨夜舞ちゃんや琴未ちゃんとラインしてたら、段々腹が立ってきたから」

「誰に？」

「太った智代ちゃん」

すると母はコーンスープの入ったマグカップで両手を温めるようにして、言った。

「腹が立ったら、どうするの？」

「謝って貰う」

「謝ってくれなかったら？」

「説教する」

「それでも駄目だったら？」

「一発殴る」

「誰が？」

「私と舞ちゃんと琴未ちゃん」

「それじゃあ三発じゃないの」

確かにそうなる、と貴子は思った。

テレビが七時のニュースになり、六時のニュースと同じ、終わりの見えない戦争やジェノサイドの現地レポートを繰り返し伝え始めた。

テレビの映像を見ていた母は「こんな場所で、動物はどうしてるのかしら？」と呟いた。

「逃げたんじゃない？　チコみたいに」貴子が言った。

チコは前の家で飼っていた馬鹿犬で、貴子はその頃幼稚園児だった。その町外れの家には広い庭があり、そこに畑を作って色々な野菜を栽培していた。チコも度々庭に放していた。ある日チコは脱走して姿を消し、数日後、太腿に大きな傷を負って帰ってきた。そして延々傷を舐めた果てに完治させせると、再びいなくなった。

それから一ヶ月ほど経った頃に母娘が山の麓を散歩していると、遠くの方で一列になって歩いて行く野良犬の群の最後尾を追って、尻尾を激しく振りながらヒョコヒョコと小走りしながら随いて行くチコの姿を目撃した。

「あの家、外にもトイレがあったじゃない？」母が言った。

「あった。和式の」

「母さんが大きい方をしようと外のトイレに入ったらね」

「大きい方って大便ってこと？」

「そう。そしたらチコが外でクンクン鳴くから、トイレの中に入れてあげたのよ」

「…………」

「そしたらチコが食べたの」

「ウンコを？」

母は頷いた。

「そしてね、口の周りを茶色に染めて擦り寄ってきたの」

「うわあ」

「母さんは慌てて外に飛び出して、逃げ回ったのよ」

「…………」

「あの時は本当に参ったわ」

舐められた時のデロッとしたチコの舌の感触が甦り、貴子は思わず手の甲で頬を拭った。

テレビ画面いっぱいに空爆で頭に怪我をして放心している少女の顔が映り、その少女の背後の歩道に砂埃まみれの灰色の砂袋が見えていた。少女の頬には幾筋もの涙の痕があり、よく見ると砂袋からは不自然な方向に折れ曲がった犬の脚が生えていた。

「靴の中に土が入ってたよ」貴子が言った。

「あら、そう」

「靴底もドロドロだった」

「ちょっと道が悪かったからね」

「お母さんは、自分で自分の傷を治してるの？」

「何のこと？」

「その傷は、お父さんのせい？」

「お父さんは人を傷付けたりしないでしょ」

貴子は、ふっと遠い目になった母の顔からそっと視線を逸らした。

「寒かった？」

「もう秋だからね」

「圧倒的軍事力による一方的な市民への攻撃に、全く終わりが見えない状況が続いています」とアナウンサーが言った。目玉焼きを頬張った母の口の端から高級卵の橙色をした黄身が一筋垂れ、慌てて指で拭っている。

貴子は母の話がピンとこなかったが、今朝のは、三日後に迫った父の帰国に備えて、母にとってはどうしても必要な散歩だったのだろうということだけは察しが付いた。

二十

その日、今度はキンキン声の琴未が学校に来ていなかった。

「どうしたのかな？」太った智代が言った。

「お姉さんが入院して、そのお見舞いに病院に寄ってから来るらしいよ」

その情報は裕福な貴子も今朝、ラインを見て知っていた。

「琴未ちゃんのお姉さん、ナジャ病院に入院したんだって」背が高く大柄の舞が智代に向かって言った。

その瞬間、智代が気を付けの姿勢になった。

「ナジャ病院って精神科病院だろ？」たまたま彼女達の傍を通りかかったカツオが、そう言った。

「斎木の姉ちゃん、精神科病院に入ったのか？　斎木も入れて貰えばいいんだ、キンキン声うるせえし」カツオが言った。

「女は黙っててよ」貴子が言った。

「お前も女だろが」カツオが言った。

「あんたこそ精神科病院に入ればいいのよ」

「お前らこそ入れよ。3班って何か変なんだよ」

「何よ男女」

「俺は女だって言ってるだろうが」

そう言って妹尾克夫（カツオ）と貴子は、同時に薄い笑みを浮かべて口を噤んだ。双方共に、朝から喧嘩するのは如何にも面倒臭いと思ったようだった。

そんな二人の様子を、舞が羨ましげに眺めていた。

貴子も舞も登校していざ智代の顔を見ると、琴未がいないこともあって昨夜のラインの盛り上がりとは裏腹に、智代に対する腹立ちはかなり薄まっていた。智代は昨日の朝は熱が出てしまったのだと言ったが、そんな言い訳より、自分の「発表」が上手くいったことを報告した舞に対して、智代が気を付けの姿勢で素朴な拍手を送ったことが何よりの免罪符となった。

斎木琴未は二時間目の途中に登校して来た。

授業が終わった休み時間に、琴未は智代に食ってかかった。

「あんたのせいで、昨日私達がどれだけ恥をかかされたと思ってんの?」

「御免なさい」

「昼休み、覚えときなさいよ」

舞と貴子は自分達二人と琴未の温度差に戸惑い、目配せし合った。

給食中、琴未は一言も喋らなかった。最初にあった腹立ちの感情が、いつしか別の感情に置き換わってしまったような、そんな悲しげな表情になっている。

給食後、琴未は三人に「中庭に行こう」と言った。

中庭に面したピロティで、高学年の男子三人が空気の抜けたサッカーボールを使ってパス回しの練習をしていた。

「本当に御免なさい」中庭のベンチに着くなり、智代がそう言って頭を下げた。

しかし琴未は智代にはもう余り関心がないようで、口をへの字に結んだり解いたりしながら、時折空を見上げたりした。空は秋晴れで、遠くから電車の音やパトカーのサイレンの音が聞こえてくる。

「お姉さん、どうだった?」貴子が訊いた。

「風邪の、酷いやつだった」琴未が答えた。

「そう」

「尾割病院に転院したの」

「そうなんだ」

「うん」

琴未にはきっと何かここでは言えないことがあるんだな、と貴子は思った。

「早く元気になるといいね」貴子は言った。

すると琴未が立ったまま項垂れて、暫くすると洟を啜りながら涙を落とし始めた。

「大丈夫?」舞がそう言って、琴未の背中を撫でた。

「学校を休んで御免なさい!」琴未の涙を見て衝撃を受けた智代が、突然大きな声でそう言って、指の先をピンと伸ばした状態で体を二つに折り曲げた。

「智代ちゃん、多分そういうことじゃないと思うよ」貴子が言った。

「智代ちゃん落ち着いて」舞が言った。

「私には起立性調節障害の疑いがあるんです」と尚も智代が言った。その時、ピロティでパス回しをしていた男子が蹴ったサッカーボールが、美しいバナナシュートの軌跡を描いて智代の足に当たり、智代は足払いされる格好でゴロリと中庭の地面に転がった。それはバランスボールのような自然な転がり方で、それを見た琴未が破顔したのに釣られて舞も笑い、貴子も何だか楽しい気持ちになったが、青空を見ながら自分に何が起こったのかよく分からない表情の智代が可哀想にも思えて、しかしとにかく琴未が少しでも元気を取り戻してくれたことは良かったと考えた。

智代が意外と平気な顔で起き上がった時、三人は口々に「大丈夫？」と訊いた。

「大丈夫」智代が答えた。

高学年の男子が、「悪い悪い」と言いながら走って来て、片手で摘まむようにしてボールを摑むとすぐに走り去り、再びピロティでパス回しを始めた。

智代はその様子をじっと見て、何か言いたそうな顔を三人に向けた。

「どうしたの？」琴未が訊いた。

「幽霊がいる」智代が言った。

「どこに？」

「K市営共同墓地」

「そりゃいるんじゃない？　お墓なんだから」舞が言った。

通学でK市営共同墓地の前を通るのは四人の中では智代だけで、墓地に近い雇用促進住宅1号棟に住む琴未を含めて他の三人は別のルートで通学していた。もし幽霊が存在するなら、毎日K市営共同墓地の前を通る智代が最も遭遇の確率が高いのは当然だと思われた。

「今のも幽霊のせいよ」智代が言った。

「今のって？」貴子が訊いた。

「ボールが飛んできたの」智代が言った。

「あれって幽霊の仕業なんだ」舞が言った。

「そう」

いつもと違う確信めいた返事に、三人は顔を見合わせた。

「古義川にもいるの」智代が言った。

「幽霊が？」貴子が訊いた。

「そう。見たんだもん」

三人は、智代は転んだせいで少し頭がおかしくなったのかも知れないと思った。

二十一

それから半月が過ぎた。


内藤暁は、飲み会の帰りに尿意を催し、いつものようにK市営共同墓地のトイレを拝借した。放尿していると、ふと視界の隅を何かが過ぎった気がして振り向いたが何もいなかった。その時いつもの歯痛を覚えて歯をチョッチョッと吸った。痛みは歯から下顎、首、胸へと移っていき、内藤暁は服の胸元を鷲摑みにした。

その翌日、彼は例によって深夜の散歩に出てデリヘルを利用した。

手術用手袋を嵌めた女に前立腺を刺激されながら、内藤暁はずっとK市営共同墓地のことを考えていた。このホテルに来る途中に前を通った時、墓地の中に、腹の突き出た髪の長い中年の痩せた男の姿を見たのである。幽霊のような雰囲気の男で、妙に背筋が伸びていたところや墓参にしては時間が遅いところも、何とも不気味だった。彼は、自分は本当に幽霊を見たのかも知れないと思った。するとまた歯が痛くなってきた。

その時、女がゆっくり肛門から指を引き抜いた。

「血が出てきました」

そう言って中指に巻いたティッシュペーパーを広げて見せた。そこには赤い拓本が出来上がっていた。

「痛みはありませんか?」

「うむ。痛みはない」

「手コキにしますか?」

「そうだな」

不整脈が始まった。前立腺に感じる違和感は最近とみに大きくなっていて、本当は少し痛みも感じていた。女がローションで手コキを始めた。クチュクチュという音がして、俯いた女の髪の毛が腹をくすぐる。次第に胸も痛くなってきた。彼は枕元のペットボトルの水を手探りしたが、探り当てられなかった。何かとても嫌な感じがした。一物は徐々に力を失いつつあったが、女の右手は蒸気機関車のように動き続け、左手の指で彼の乳首を転がしている。とても誠実な仕事振りだ。

彼はふと、自分はこんな所で何をしているのだろうと思った。

この女にしても、見ず知らずの初老の男の一物を一生懸命しごくためにこの世に生まれてきたわけではあるまい。金のためにデリヘル嬢をやり、根が真面目なために、なかなかイカない男をイカせようと腕の筋肉を散々酷使しているこの女に、彼は同情と共に謎の反発を覚え、「お前の思い通りになると思うなよ」と心の中で呟いた。今夜はイケないかも知れないという疑念は既に確信に変わっていたが、彼はそれを決して口にせず、女が延々とナマコをしごき続けるに任せようと思った。

女の白い背中が引き攣っている。

一物は死んだようになり、心臓だけが乱れ打っていた。


その夜、心筋梗塞の発作で救急ＩＣＵに運び込まれた内藤暁が辛うじて一命を取り留めたと、深夜に尾割病院から連絡を受けた妻の美佐代は、ベッドで上体を起こして医師の話を聞いていたが、電話が切れるとスマホを握ったまま暫くぼんやりした後、再びベッドに倒れて二度寝した。

かなり遅れて車で病院に到着した美佐代は、医師から、夫がラブホテルで一緒にいた相手のデリヘル嬢が実は中学校の教諭であり、毎年職場で心肺蘇生のための心臓マッサージ講習を受けており、夫に対して適切な胸骨圧迫を施したお蔭でご主人は死ななかったのだという説明を受けた。

「デリヘル嬢が中学校の先生だったとかいう説明は、必要ないと思うんですが」と、美佐代はその若い当直医に言った。

「はい。教育公務員は毎年、救命救急講習を受けています」若い当直医は答えた。

「教育公務員がデリヘルやってもいいんですか？」美佐代は訊ねた。

「はい。教育公務員には職務専念義務があります」

「だからデリヘルとかやっちゃ駄目ですよね？」

「はい。教育委員会の許可が必要ですから」

美佐代はここの医者はなかなかいいぞ、と思った。

「肛門からの出血が認められます。ご主人の前立腺はかなり傷付いてますね」

若い医者は手術用手袋をはめた右手を立てて「腫瘍の可能性もありますね」と言い、人差し指と中指をクイクイッとした。

「あら、痔かしら」

内藤暁は翌朝までに二度呼吸が止まり、その度に心臓マッサージを受けて蘇生した。

美佐代はその日、病院の簡易ベッドで寝た。

翌日、別の医師から夫の心臓のカテーテル手術を提案された時、ネットの口コミで調べてこの病院のカテーテル手術が低評価なのを知っていた美佐代は「お願いします」と即答した。数時間後に「手術は成功しました」と医者は言ったが、内藤暁はその後も一度呼吸停止した。その医者はなぜ呼吸が止まるのか分からないと言った。

「そうですか」美佐代は言った。

「はい」

「しかし次第に安定してくると思います」

「分かりました。それでは私は一旦帰宅することにいたします」美佐代は言った。

美佐代は車で家に戻った。

車から降りた時、カーポートの屋根に大きな蜂が止まっているのを見た。黄色と黒のストライプがあり、スズメバチだとしたら退治しておかないとまずいと思ったが、夫がいなければこういう危険な仕事が忽ち自分にとっての大きな困難事になることに彼女はこの時初めて気付いた。

シャワーを浴び、タッパーの中の野菜炒めを温めて食べ、ハーブティーを飲んでからベッドに横になった。

彼女は夫が深夜の散歩を装って何か悪いことをしていることに薄々気付いてはいたが、それを確かめてしまうと、潔癖症の彼女には別居か離婚の選択しかないことが分かっていたので敢えてアクションを起こさずに今まで過ごしてきた。夫の定年まであと半年。離婚するにしても退職金が入ってからだと考え、せっせと高カロリーの脂っこい食事を提供した。夫は節制ということを知らず、どんな欲望にも抵抗出来ないところがあったので、味付けさえ濃くしておけば自ら進んで食べに食べた。美佐代は夫のそんなドカ食い振りに、一種の破滅願望のようなものを感じることがあった。「美味い美味い」と言いながら幸せそうに食べる夫の顔に一瞬過ぎる、ほんの僅かな翳り。あるいは二人してテレビを見ながらの食事中に、テレビ画面に向いている彼女の視界の端に映る、口いっぱいに肉や飯粒を頬張りながらチラチラと妻の顔色を窺うような視線。ひょっとすると夫は妻の意図を見透かしていて、敢えてそれに乗っかろうと自ら決めてやっていたのかも知れないと彼女は思った。その結果が今回の心筋梗塞の発作だとすれば、それは彼女の意図なのか夫の意志なのか判断が付け難く、何かとても曖昧な顚末で、美佐代は自分がこの事態にどう反応すべきなのかよく分からなかった。

彼女が帰宅してから五時間後の午後二時過ぎに、尾割病院から夫の容態が急変したとの連絡が入った。美佐代は車で尾割病院に向かったが、運転中に後部座席からブーンという低い羽音が聞こえたのでギョッとした。運転席の背凭れにぶつかる音もして、その音からかなりの大きさの虫だと知れた。カーポートの屋根に止まっていたスズメバチに違いなく、どこかに車を停めて外に出さないとまずいと思った瞬間、すぐ傍まで羽音が迫って来たかと思うと左耳に体当たりされた。美佐代は悲鳴を上げて自分の頭を叩き、その拍子にアクセルをベタ踏みして交差点に突っ込んで行った。その時、交差点の信号機はどちらもダウンしており、彼女の車は、同じように交差点内に突っ込んで来た湾岸地帯のヨーグルト工場の社員送迎用のマイクロバスとオフセット衝突した。

乗客は乗っておらず、マイクロバスの運転手は軽傷で済んだ。

美佐代の車は運転席側が大きく潰れ、救急隊員が駆け付けた時、運転席の中で肉団子と化していた美佐代は、頭をハンドルの下に突っ込み、下半身だけが大きく持ち上がったお尻星人になっていた。しかしまだ息はあり、アクセルペダルに押し付けられた顔の左耳に添えられた指は、虫を払うかのように微かに動いていた。その横にはカナブンの屍骸が一つ転がっていた。

美佐代は尾割病院に担ぎ込まれ、夫より十五分早い午後三時二十三分に息を引き取った。

数年振りに一堂に会した内藤暁・美佐代夫妻の三人の子供達は、二つの骨壺を持って揃ってK市共同墓地へ行き、自分達で香炉をずらして、墓穴の中に両親の遺骨をぶちまけた。

内藤暁を助けたデリヘル嬢は、警察署で身元がばれて中学校教諭を懲戒免職となった。常連客の中には、彼女が顧問をしていた女子バレーボール部のエース・4番の部員の父親も含まれていた。

内藤暁が利用していた店指定のラブホテルのフロントには、半月前に突然死した初老の女の代わりに博多人形が一体置かれていた。

二十二

キンキン声の斎木琴未は、朝食のテーブルで斜め横にいる姉の俘実の顔の痣が、最近だいぶ退いてきたと思って見ていた。妹の視線に気付いた姉は、自分の頰を指先でヒョイヒョイと掻いてみせた。

「真・神塾」の事件から、半月が経過していた。

あの日、姉は塾の合宿先で持田優華という友達の頭を殴り、もう一人の女子生徒の足の甲をカッターで切り付けた。二人はその日の夜に救急搬送された。持田優華の診断は脳震盪で、精密検査の結果脳へのダメージは特に認められなかった。女子生徒の傷は数針縫わねばならない深さだったが不問に付された。姉の俘実は、塾の女子生徒達によって集団暴行を受けたと主張し、その場にいた何人かの証言はそれを裏付けたが、結局双方共に傷害事件としては扱われなかった。母は、「真・神塾」と警察とが癒着していると言い張ったが、その主張は警察には取り上げられなかった。「真・神塾」と警察とが癒着してくれていたお蔭で、姉の方も傷害で告訴されなかったとも言えるわけで、結果的には却って良かったと納得するしかなかった。

事件があった翌日、琴未は学校を遅刻して母と一緒に姉の病室を見舞った。

その時、持田優華に付き添って救急車でこの病院に来たという「真・神塾」の女性講師に会

った。妙な香水の匂いが鼻に付く、なで肩で首が太い女だった。母が詳しい事情を訊くと、

「私の口からは何とも申し上げられません」とその女性講師は言った。琴未はその女性講師が母の質問に答えようとした瞬間スッと服の袖を上げ、露《あら》わになった腕に浮き出た女離れした太い筋肉の筋をじっと見詰めた。

その後警察が来て、姉の俘実に事情聴取しようとした。

「熱が四十度あって朦朧《もうろう》としているんです。尋問は熱が下がってからにして下さい」母はそう言ったが、警察は「主治医の許可を得てるんでね」と言った。

「この病院もおかしいよ」と、母は悪い顔になって琴未に耳打ちした。

琴未は母が言った「じんもん」という言葉をスマホで調べてみたが、法律的なことが長々と説明してあって難しくてよく分からず、多分質問のことだろうと当たりを付けた。

姉の熱は薬で急激に下がり、三日目には普通に喋れるようになって、退院した。

家で久し振りの夕食を母娘で囲んでいた時、当たり障りのないことばかり言っていた母が、もう我慢出来ないという顔で姉に訊いた。

「本当は何があったんだい？」

「何？」姉の俘実は、うんざりした顔で言った。

「あの塾でだよ」

「何よ今更。塾から電話があった時、許可したのは母さんじゃないの」

「それはお前がもう向こうに行っちゃってるんだから、お任せするしかないだろうが」

三人は暫くの間、黙って野菜の煮物や塩鯖を咀嚼した。

「体中擦り傷だらけで」母が口をモグモグさせながら言った。

「だから、タコ殴りされたから逃げたんだって」

「どうやって？」

「走ってだよ？」俘実は語尾上げした。

「何で太腿に大きな擦り傷が出来たのさ？」母が鼻の穴を膨らませた。

「だから川に落ちたって言ってるじゃん」

「ズボンは破れてないのに、どうして太腿がそんな怪我するかね!?」

「だからスキニーパンツが捲れたんだって」

「じゃあお前は頭の方から川に落ちていったのかえ？」

「どういうこと？」

「ズボンが捲れるということは、つまり腰から徐々にクルクルとズボンが捲れていったんではないんか？」

「覚えてないわよそんなこと」

「ズボンの腰の辺りに、もっと土とか草とかそんな物がくっ付いてないとおかしいのではないんか？」

「もう『ぎんもん』はやめて！　そんなことどうでもいいじゃんか！」琴未がキンキン声で、「尋問」を「ぎんもん」と言い間違えつつ叫んだ。

「そうはいかん！」母が怒鳴った。

「何？」俘実も大声を出した。

「俘実にはどこか、とんでもないところがある！」

「それは母さんの娘だからよ！」

「なぬ!?」

「昨日、病院に父さんが見舞いに来たよ」俘実が、母親譲りの悪い顔になって言った。

「…………」母が鼻で息をする音が聞こえた。

父のことを全く知らない琴未はその瞬間、物凄く不細工な顔になって二人を見た。

「あの人、2号棟に住んでるんだよね？」俘実が言った。

「…………」

「母さんはずっと父さんと会ってて、セックスしてるんだよね」

すると母は鼻の穴を満開にして姉の顔を凝視した。

その目は、並々ならぬ決意に漲《みなぎ》っているように見えた。

「それは父さんじゃない」

その時国道の方から、暴走族の六連ホーンが奏でる「ゴッドファーザー　愛のテーマ」が聞こえた。

「え？　じゃあ、あのおっさんは誰なの？」

母は一呼吸置いてから言った。

「金子林万作さんよ」

「かねこばやし　まんさく」という名前を今まで一度も聞いたことがなかった姉妹は、一瞬戦災孤児のような目になった。

「それ誰？」


　俘実が訊いた。

「母さんの話を、よく聞いてくれる人だよ」

その一言で金子林万作が母のセックスフレンドだと、姉妹は瞬時に理解した。

「お姉ちゃん、その人と話したの？」琴未が訊いた。

「眠ってる振りしてた」俘実が答えた。

「その人、何か言ってた？」琴未が訊いた。

「『この病院は高いのか？』って言ってた」

「それだけ？」

「あと、『捨てる予定の毛布があれば、貰っておいてくれないか？』って」

「お見舞いじゃないいんじゃない、それ」琴未がキンキン声で言った。

母にもそれは初耳のようだった。

「病院の毛布って、あれかな？」母が言った。

「何？」伃実が言った。

「ほら、あれ」

「何？」

「何とかいうゴミ」

「は？」

「お姉ちゃん、あれじゃない？」琴未が言った。

「そうよ、あれ」母が言った。

「ああ、あれ？」伃実が言った。

この時三人は結局最後まで、「医療廃棄物」という言葉に辿り着くことが出来なかった。


その朝、母娘三人は久し振りに全員一緒に家を出た。姉妹は揃って2号棟を振り向いたが、伃実を見舞って以来金子林万作が2号棟の階段に姿を見せたことは一度もなかった。

そんな娘達の行動に気付かない振りをして、母が琴未に訊いた。

「今日は貴子ちゃん家に行くんだろ？　何時に帰るんだい？」

「分かんない」琴未が答えた。

「遅くなるのかい？」

「だから分からないよ」

「どうして？」

「だってそういうのって、その場の盛り上がり次第じゃん」

「母さん、今日はちょっと遅番なんだよ」

姉妹はこっそり目を合わせ、互いに変顔を見せ合った。

「私は夕方にはバイトから戻ってるから、もし琴未が遅くなったら私が迎えに行くけど」俘実が言った。

「そうしてくれると助かるねえ」

そう言って母は娘達から何気ない風を装って顔を背けた。


その日の夕方、「お化け団地」に戻ると、2号棟の幾つかの窓に灯りが点っていた。その中のどれかの灯りの下で、母と金子林万作とがセックスをしているのかも知れないと俘実は思った。しかしあの歳になるとさすがに部屋の灯りは完全に落とすだろうか。母と金子林万作の二人を二つの飴玉のように口に入れ、舐めに舐めて綺麗にする営みをぼんやりと想像しながら、俘実は雇用促進住宅1号棟の階段を402号室まで上って行った。

チキンラーメンを食べてから畳の上に引っ繰り返り、タオルで首を絞めながらオナニーをしていると妹の琴未から電話が入った。

「もしもしお姉ちゃん？」

「んっ、何？」俘実は応じた。

「貴子ちゃんの家で晩御飯御馳走になることになったから」

「そう。で、何時に迎えに行けばいい？」

「大丈夫。貴子ちゃんのお父さんとお母さんが、何かの用事のついでに車で送ってくれるんだって」

「そう」

「八時頃には着くだろうって。じゃあね」

夜の八時前に1号棟の下で待っているとやがて立派なベンツが乗り付けて、俘実はヘッドライトの眩しさに目を細めた。

運転席の窓が開き、木村貴子の父親が「お姉さんですか？」と訊いた。

「はい。今日は琴未が夕食までご馳走になったそうで、有難うございました」

後部座席から琴未が降りてきて、俘実の体にぴたりと身を寄せた。

「それでは琴未さんを確かに送り届けましたよ」と父親が言った。

「はい。有難うございます」

「これを真っ直ぐ行けば、団地から出られますか？」

「はい。出られます」

「では、お休みなさい」

静かにゆっくりと走り去るベンツを、姉妹は身を寄せ合いながらじっと見送った。

「お母さんは？」

「その内戻って来るでしょ」

二人は、姉が先、妹が後になって雇用促進住宅1号棟の階段を上った。

そして三階の踊り場まで来た時、俘実は急に立ち止って琴未を振り返って訊いた。

「木村貴子ちゃんのお母さんが乳癌の手術したって、聞いたことある？」

「知らない」

「そう」

二人は402号室に入り、暫くテレビを観た後で一緒に風呂に入った。

「大分治ってきたね」姉の太腿を見て言った。

「うん」

湯船の中に浮いてきた瘡蓋を、俘実はお湯に包んでそっと排水口に捨てた。

風呂から出ると、俘実はベランダに出て涼んだ。

眼下にはK市の町灯りが広がっていたが、その中で、K市営共同墓地、K市立斎場、ナジャ病院、古義川を結ぶ一帯だけが、黒い蛇のように暗く闇に沈んでいる。

二十三

娘の貴子の友達の斎木琴未を家まで送ったついでに、夫の学にホームレスの支援団体『レッツ八起き』まで送り届けて貰った木村麻奈は、暫く手伝いに来られなかったことをスタッフに詫びながら厨房へと走って行った。その時夫の学を振り返り「帰りは迎えに来なくても大丈夫だから」と笑顔で言った。学は妻にひょいひょいと手を振った後、顔見知りのスタッフの老人と少し立ち話をしてからベンツで走り去った。

厨房でのお握り作りが終わった。

この日の夜回りで木村麻奈は、小柳《こやなぎ》といういつもの老人とペアを組んでダンボール暮らしのホームレス達にお握りを配ることになっていた。アイスボックスにお握りを入れ、スズキエブリイで湾岸公園に向かう。朝晩はすっかり冷え込むようになり、夜空にオリオン座がくっきりと見えていた。アイスボックスを担いで配り歩いている内に、少しずつ体が温もってきた。

「次の人は、木村さんがお休みしている間に、最近こっちに来た人だよ」小柳老人が言った。

「そうですか」

「ヨッシーさんっていってね、山の方の高速道路の高架下にいたんだが、頭の上でほら、ちょっと前にあった派手な交通事故、あれが起こっちゃって、こんな所にはいられないってんで、山からこっちに移ってきたわけ」

「ああ、あの深夜の高速道路の事故ですね」

「そう、半月ほど前のね。ちょっとの間K市営共同墓地の辺りにもいたそうなんだけど、やっぱり墓地は不気味だってんで、湾岸公園まで来たそうなんだな」

ヨッシーさんの簡易なダンボールハウスは、公園に来る人々の視線を避けて出来るだけ公園の周囲の雑木林の奥へ奥へと設営する先住者の凝った作りのダンボールハウスに遠慮するように、最も公園寄りの場所にポツンと棺桶のように横たわっていた。木村麻奈は暗がりに目を凝らし、点在するダンボールハウスの位置関係を極力頭に入れるように努めた。

「ヨッシーさーん、支援団体の『レッツ八起き』でーす」小柳老人が言った。

しかし棺桶からの反応はない。

「ヨッシーさん、お握りを持って来ました」

するとダンボールハウスの蓋が開き、ヨッシーさんが顔を出した。

木村麻奈が肩に担いだアイスボックスからお握りを二個取り出して手渡すと、ヨッシーさんはそれを受け取り「どうもどうもどうもどうも」と言いながらダンボールハウスの蓋を閉めた。

「風邪を引かないように注意して下さいね」小柳老人がそう言うと、ダンボールハウスの中から「はいはいはいはい」と声がした。

小柳老人と木村麻奈は、すぐにその場を離れた。

「せっかく山から海に移って来たのに、ちょうど交通事故のあったあの日に、すぐそこの砂場げ場で殺人事件があったんだよね」

「車が海に突っ込んだあれですね」

「そうそれ。ヨッシーさんが来た時、ここの皆はその話で持ち切りだったから、ヨッシーさんはK市には安全な場所はないと覚悟したみたいでね」

「そうなんですね」

「あの日はね、チャプチャプビーチでも殺人事件があったんだよね」

「大学生の？」

「そうそう。学生が大人三人をボコボコにして、一人を殺して一人の片目を失明させせちゃったやつね！」

小柳老人は自分の生活圏内で頻発する事件が、自分の人生という建造物をより豊かにする煉瓦や材木とでも思っているらしく、その数が多いことが心から嬉しそうで、木村麻奈はこの老人のボランティアの動機は底が知れていると感じた。

「ヨッシーさんがチャプチャプビーチの殺人を知ってるかどうか知らないけど、彼らは情報に敏感だから、きっと知ってるよね、ふふ」

公園の街灯の周りを羽虫が飛び交っている。

幾つかの遊具の中でも、K市のどこの公園にもあるタコ形滑り台の中が最も暗く、人が入っていても外からは全く見えないことを確認しながら「安全でない場所に野宿するって、不安で一杯でしょうね」と木村麻奈は言った。

「そうなんだよ。ホームレス殺人事件とかあるしね」

そう言うと小柳老人は右の鼻の穴を人差し指で押さえ、左の鼻の穴から公園の地面に向けてスポンッという音と共に鼻糞を飛ばした。木村麻奈は目を剥いて鼻糞を凝視すると、素早く周囲を見回し、街灯とベンチを結ぶ線と、灰色の箱（汚水マンホールポンプ用発電機）と銀杏の樹とを結ぶ線との交点こそが、小柳老人の鼻糞が落下したポイントだと頭に叩き込んだ。この一点の周辺は彼女にとって、裸足で踏んではならない絶対の立ち入り禁止領域となった。

夜回りが終わると、小柳老人のエブリイに乗って湾岸を後にした。

「あ、そこのコンビニで買い物するので、降ろして下さいます？」

「はいはい」

エブリイはコンビニの駐車場に停車した。

誘蛾灯がバチバチと音を立てている。

「もうここで結構ですから」木村麻奈が言った。

「いやいや、待ってるから」

「本当にここでいいんです。ちょっと歩きたいので」

「いやいや、大丈夫大丈夫」

「夜風に当たって歩きたいので。それでは、お休みなさい」

「はいはい」

木村麻奈はコンビニの中で、何も買うものがなかった。棚を回ってウロウロしながらチラチラ見ていたが、ガラスの外の小柳老人の車は一向に動く気配がない。彼女は何も買わずにコンビニを出て、エブリイの小柳老人に向かって「有難うございました」と一礼して歩き出した。するとエブリイは急にバックしたかと思うとカーブを描いて、木村麻奈の進行方向を塞ぐようにして停車し、手動の窓がグルグルと開いた。

「遠慮しないで遠慮しないで。家の前まで送るから！」

「本当に、もう結構ですから」

「駄目駄目、送るよ！」

「小柳さん、どうしてそんなにしつこいんですか？」

「だって必ず車で連れて帰るようにって、あんたの旦那さんに頼まれたんだよ！」

木村麻奈はその瞬間目を丸くして助手席のドアを開け、掃除機のコードのような素早さでスズキエブリイの助手席へと納まった。

家の前でエブリイから降りると、木村麻奈は小柳老人に改めて礼を言って玄関扉を開け、家の中に入った。玄関扉の外で、エブリイが走り去る音がした。家の中の様子を窺うと、貴子は二階の自分の部屋に、夫の学は一階奥の書斎にいて、それぞれに自分の時間を過ごしている気配だった。彼女は握っていたドアノブを押し下げて再び玄関扉を開け、冷たい空気を顔に浴びた。扉の隙間から外の匂いを嗅ぎ、爪先をそっと外に突き出す。

「お帰り」

「ただいま」

突然の夫の声に反射的に返事をした。夫は洗面所から姿を現した。

「どうだった？」

「ん。ちゃんと出来たよ」

「それは良かった」

キッチンのテーブルで、二人は学の淹れたコーヒーを飲んだ。

「順調？」コーヒーの湯気で眼鏡を曇らせながら、学が訊いた。

「ええ。凄く」

「何かあればいつでも……」

「大丈夫。分かってるわ。有難う」

麻奈は学に顔を近付け、二人はコーヒー味のキスをした。

階段をトントンと降りてくる足音がして、「自分達だけコーヒー飲んでずるい」と言いながら、キッチンに貴子が入ってきた。

「眠れなくなるから、コーヒーは駄目よ」

「うん。私はホットミルクにする」

親子の夜の小さなひと時が始まった。

「斎木琴未ちゃんは良い子だな」学が言った。

「うん」

「何はともあれ、友達は大事にしないとな」

「うん」

「琴未ちゃんは、K市営共同墓地の近くの雇用促進住宅に住んでるんだな」

「うん」

「そうか」

「うん」

学は数回頷いた。

「雇用促進住宅には、お父さん初めて行ったよ」

「琴未ちゃんのお姉さんは、今は何をしてるの？」麻奈が訊いた。

「知らない」

「そう」

三人はそれぞれの飲み物を啜りながら、互いの顔を見るともなく見て、目が合えば微笑みを交わした。

学はコーヒーを飲み干すと、「ではお父さんは、もう少し明日の会議の準備をしないとな」

と言って席を立った。

「お休みなさい」脱皮した皮を食べるヤモリのように牛乳の膜を食べながら、貴子が言った。

「お休み」

学が行ってしまうと、麻奈はマグカップを両手で包んで昆虫のような顔になった。

「疲れたの？」貴子が訊いた。

「ううん」麻奈が首を横に振った。

「琴未ちゃんのお姉さん、精神科病院に入院して、それから尾割病院に移ったんだよ」貴子が言った。

「いつ？」

「いつだったかなあ。発表の次の日。だから十日かな」

「そう」

「だからその日、琴未ちゃん学校に遅刻してきて、泣いてた」

「そう」

二人はそれぞれの飲み物を飲み干した。

「お母さん、笑ってる？」

「ううん」麻奈はそう言うと、空のマグカップの温もりを頬に当てて遠い目になった。

二十四

十一月に入った。

「お母さんもお姉ちゃんも居ないから、家においでよ」とキンキン声の斎木琴未に誘われ、木村貴子はお化け団地に初めて行った。階段を上って402号室に入った途端、ソースと食用油とカレー粉と洗剤と生ゴミの交ざったような臭いが鼻を突いた。ここには自分の知っている生活とは違う世界があると裕福な彼女は思った。炬燵の座布団に腰を下ろそうとして手を突くと、天板がネチャネチャした。父が意味ありげに「雇用促進住宅には、お父さん初めて行ったよ」と言った意味が、何となく分かった気がした。

琴未はポップコーンの袋を開けてペットボトルからグラスにお茶を注ぎながら、「家に親も姉妹もいないっていうのが一番よね」と言った。

この広さの家だと、確かにそうかも知れないと貴子は思った。

どうでもいいことを話しながらキンキン声の笑い声を聞いたりするのは楽しかったが、グラス全体に付着した白い粉のような汚れが貴子には気になって仕方がなく、途中で借りたトイレの色褪せた便座カバーは尻にチクチクして落ち着けなかった。

夕方五時頃になると陽は落ち、窓の外が夜のように暗くなった。

「そろそろ帰らないと」貴子は言った。

「じゃあ送るね」

雇用促進住宅1号棟から貴子の家へと向かって行くと、K市営共同墓地の裏手を通ることになった。

「ちょっと墓地の中を通ってみない？」琴未が言った。

「いいよ」貴子は強がりを言った。

二人は裏手から墓地の参道へと入って行った。

貴子は最初の内は黒々とした沢山の墓石をとても不気味なものに感じ、琴未に怖がっていることを悟られないように注意していたが、ツルツルの石柱がただ整然と並んでいるだけの眺めにすぐに飽きがきて、竦めていた首を伸ばしてぐるぐる回し始めた。

どこからかお線香の匂いが漂ってきた。誰かがお参りしているのだろうか。それとも、誰かが焚いたまま残していった線香の煙だろうかと思い周囲を見回したが、匂いの出所は分からなかった。

「お線香って、死体の臭いを消すために焚くものなんだって」と琴未が言った。

「でも、今は違うんじゃない？」

「どうして？」

「だって……」貴子は少し考える振りをしてから言った。

「……今は死体を、土葬じゃなくて焼くからだよ！」ドスを利かせた声でそう言って貴子は琴未の両肩をきつく鷲摑みにした。すると琴未がサイレンのような悲鳴を上げて仰天し、両手足をピストンのように激しく動かした。

「脅かさないでよ！」琴未は本気で怒りを露わにした。

「冗談冗談」貴子はそう言い、琴未は恐怖に襲われると阿波踊りを踊るんだと思った。それから二人は暫く無言で歩いた。貴子は人に脅かされるのが嫌いだった。歩きながら琴未のうなじを眺めている内に、自分がされて嫌なことを琴未にしたことが悔やまれた。

「脅かして御免ね」貴子は言った。

「ちょっとトイレに行って来るから、待っててくれる？」琴未が言った。

「いいよ」

ポップコーンを食べながら沢山お茶を飲んでいた琴未は、家でトイレに行かなかった。自分がトイレに行ったから遠慮したのかも知れず、だから今したくなったのだろうかと貴子は考えた。公衆便所には小さな灯りが点っているだけで個室の中はかなり暗いと思われ、こんな不気味なトイレに入らなければならない琴未を彼女は気の毒に思った。

個室の中から衣擦れの音がした。

貴子は少し離れた方がいいような気がして、外に出ようとした。

すると個室の中から声がした。

「貴子ちゃん、いる？」

「いるよ」

「よかった。そこに居てね」

「うん」

勢いの良い放尿の音がした。貴子は落ち着かなくなり、便所の中をゆっくり回った。便所には男子便器が一つと個室が一つ、そしてもう一つの扉があった。貴子は何気なくその扉の取っ手に手をかけた。薄い木製扉を開くとそこは掃除道具入れで、デッキブラシや火挟み、バケツやホースが入っていた。

「貴子ちゃん」琴未が言った。

「何？」

「ウンコしてもいい？」

「いいよ」

「ありがとう」

「うん」

貴子は、掃除道具入れの中に無造作に突っ込まれている青い服とその上に置かれたデッキシューズとを見て、手を伸ばした。

個室の中から放屁の音がして、琴未が照れて「きゃはっ！」とキンキン声を出した。

貴子は両腕を掲げて青いワンピースを大きく広げ、匂いを嗅いだ。そしてデッキシューズを地べたに置いて、履いてみたりした。

その後琴未が「ティッシュ持ってる?」と訊くまでの間、貴子はぼんやりして、意識は過去のあれこれの記憶の森を複雑に飛び回っていた。

二十五

その日の深夜、K市立斎場のボイラーで警報が鳴った。

警備会社が駆けつけると、炉前ホール全体の温度が異常に上がっていて、火葬炉の蓋が開いたまま一時的に火が点いていた痕跡があった。しかし何者かが侵入した形跡はなかった。コンピューターの異常が疑われたが、その後の点検でも機械の故障は見当たらなかった。

K市においてこのようなケースは稀ではなく、警備会社や消防車の出動件数は今年になって目立って増えている。扇風機やガス湯沸かし器、バッテリーなどの自然発火は過去最高の件数を記録し、信号機が暴走して、時としてクリスマスの電飾を思わせる赤青黄色の高速点滅状態になることもあった。

K市のように機械が制御不能になる町は全国で報告されていて、停電や電車の車両のホーム通過、スマホの決済サービスや銀行のATMの不具合、工場機械の予期せぬフル稼働といった全国規模の異常も今では珍しくなくなっている。

機械をチェックするエンジニアの中には、このような異常現象を「機械の病気」と呼ぶ者もいた。病気は突然起こり、中には死に至るケースもある一方で、自然治癒する場合も少なくない。「人間が作ったモノだからね。そりゃ病気にもなりますよ」と、そのエンジニアは週刊誌の取材に答えた。その週刊誌の記事は「警察の発表によると、マッピング調査の結果このような『病気』は、全国に散らばる『病巣』から伝染して、周辺地域へと拡がっている可能性が否定出来ないという」との一文で締め括られていた。

二十六

妻と娘が健康で安全に暮らせること、木村学の願いはそれに尽きた。

世界は紛争に満ちていて、彼の知っている人間の何人かも不幸な最期を遂げた。

今回の取引国も、危惧した通り内戦が本格化している。

国際的な事業に携わるということは、多かれ少なかれ世界の汚濁に手を染めることを意味した。手を洗う度に、水が赤く染まる気がした。己に染み付いた心身の穢れは、家族との当たり前で平凡な時間の中でこそ幾らかなりと浄化され得るというのが、結婚以来の彼の変わらぬ考えだった。

麻奈と結婚したのは、彼女の凡庸さに、その当たり前で平凡な暮らしを見たからであった。

麻奈は容姿も知性も家事の腕も何一つ飛び抜けたところがなく、ただおっとりとして自然だった。そこに惹かれた。

貴子が無事に生まれた時と、麻奈の乳癌の転移が五年間なかった時、木村学は喜びに涙ぐんだ。今もセックスは月に一度か二度はあり、貴子も良い娘に育っている。

今の暮らしに、何も問題はなかった。

その日、三人は朝食のテーブルを囲んだ。

貴子が言った。

「昨日、琴未ちゃんの家に行ったよ」

「雇用促進住宅かい？」木村学が訊いた。

「そう。お化け団地」

テーブルの上にはいつものようにトーストとハムエッグとコーンスープとミルクが置かれ、三人はその代わり映えのしない朝食をいつものように食べている。

「どんなだった？」木村学が訊いた。

「変な臭いがした」

「どんな臭いだ、ん？」

「色んな匂いが交ざった感じだった」

木村学は頷いて、スプーンでコーンスープを丁寧に掬って飲んだ。

「お姉さんは家にいたの？」麻奈が訊いた。

「みんな仕事に行ってて、琴未ちゃん一人だった」

「そう」

貴子がコーンスープを飲む時にズルズルと音を立てた時、両親は揃って顔を上げて娘の顔を見た。

「廊下がザラザラする」貴子が言った。

「何？」木村学が訊き返した。

「廊下がザラザラしてて嫌」貴子が答えた。

「そうか」

三人は無言で朝食を食べた。

「今日は遅くなるよ」木村学が言った。

「ええ。私も今日はボランティアで遅くなるわ」麻奈が答えた。

貴子がまた、音を立ててスープを啜った。

二十七

その日の夕方、ショッピングモールのフードコートに3班の四人が久し振りに集まっていた。

特に目的はなく、ポテトチップスの袋を開けてホットココアを飲みながら、どうでもいいことを喋り合っている。あちこちにクリスマスの飾り付けがしてあり、赤と緑と白がやたら目に付いた。三学期には班変えがあり、それを境にこのメンバーでこのように集まることは二度とないだろうと、四人が四人ともそう感じていた。

「カツオって、どこが女なんだろうね」裕福な貴子が言った。

「面白がってそう言ってるだけだよ」キンキン声の琴未が言った。

「でも、指とか綺麗……」と背の高い大柄の舞が言いかけた時、貴子と琴未が一斉に振り向いたので舞は忽ち言い淀んだ。

　太った智代は三人の話を遠くに聞きながら、数ヶ月前に橋から見下ろした古義川の眺めを思い出していた。

　彼女はその時、川の中から突き出した流木を見ていた。すると木の周りに、何か透明な物が抱き付くように絡まったのが見え、そこだけ流れが歪《ゆが》んだ。川上から流れて来たビニール袋が、引っかかったのだった。智代は、何となくそのビニール袋は自分だと思った。木の幹にしがみ付いている間だけの、限られた命のような気がした。ビニール袋は、今にも木から離れてしまいそうになりながら、流れに揉まれて揺れている。川の流れは大きな生命の流れで、木に引っかかって止まった時に初めて、自分という存在が生まれたのではないだろうかと彼女は思った。そして木から離れてしまった時が死で、死とは元の大きな生命の流れに再び呑み込まれて自分が消えてしまうことなんだろうと思った。そして、もし流れに逆らって頑としてこの世にしがみついたらどうなるのだろうと思い、しがみつくとしたら石のような重くて硬い物でなければならない筈で、それはきっと墓石に違いなく、だから幽霊は度々墓場で目撃されるのだと考えた。

やがてビニール袋は流れに押されて木から捥《も》ぎ取られ、川の流れの中へと持っていかれた。それは流れに運ばれて、橋の下に隠れた。彼女は川面を眺めながら、いつかまた何かに引っかかって新しい自分が誕生することがあるのだろうかとぼんやり想像した。

「智代ちゃん」と琴未が言ったので、ハッとした。

「幽霊って、冬にも出るの？」琴未が訊いた。

智代は頷いて、「出るよ」と答えた。

「今も見えるの？」貴子が訊いた。

智代はゆっくりと、フードコートの周りを見回した。

どの専門店もクリスマスセールを展開していて、クリスマスツリーが何本か立っていた。智代は今まで、母親にクリスマスツリーを買って欲しいとねだったことはなかった。どんな小さなクリスマスツリーでも、家にあればきっと素敵だろうと思った。

「見える？」貴子が重ねて訊いてきた。

「見える」智代は答えた。

「どこに？」

裕福な貴子の家にはきっと立派なクリスマスツリーが飾られているに違いない、と彼女は思った。智代はゆっくりと手を上げ、真っ直ぐに貴子の顔を指差して「ここに」と言った。

貴子は眉間に皺を寄せて智代を見返し、「やめてよ！」と言った。

それで会話は終わった。

店内には、クリスマスソングのオルゴール演奏がローテーションしていて、ポテトチップスと紙コップの中身はとうになくなっていた。

「寒いね」舞が言った。

琴未が「どうしたの？　大丈夫？」と貴子に声をかけた。

いつの間にか貴子の額が汗ばんで、フードコートの照明に照らされて光っている。

「大丈夫。ちょっと熱っぽいだけ」貴子が答えた。

「智代ちゃんが変なこと言うからよ」琴未が言った。

「御免なさい」智代が謝った。

貴子はランドセルの中からポーチを取り出し、「ちょっとトイレ」と言って席を立った。

残された三人は暫く黙り込んでいたが、ふと、舞が智代に訊いた。

「智代ちゃん、貴子ちゃんの顔に幽霊が見えたの？」

「やめなよ」と琴未が舞を制した。

智代は何も答えずに黙っていたが、やがて思い出したように言った。

「貴子ちゃん、来たのかな？」

「何のこと？」琴未が訊き返し、舞が宙を見遣りながら頷いた。

その時、店内が一斉に真っ暗になった。琴未がキンキン声を発し、何人かの客が悲鳴を上げた。停電は数秒間続いただけで復旧し、店内は元の明るさを取り戻した。店内放送が、非常用電源に切り替えたこと、原因を調査中であることを謝罪と共に繰り返し伝えている。

三人は神妙な顔で周囲を見回した。

そこへ、行き交う客の間を縫って貴子が戻って来た。

「大丈夫？」琴未が訊いた。

「うん。もう平気。停電あったね」貴子は答え、ランドセルの中にサニタリー・ポーチを戻した。それを見て、琴未もこっそり頷いた。


陽のすっかり落ちた県道の歩道を、いつもの下校コースを一人で帰っていく太った智代の後ろから、貴子と琴未と舞が十メートルほど離れて随いて行った。智代がナジャ病院の横の橋の上で立ち止まり欄干に凭れて古義川を覗き込んだので、三人も足を止めた。

「幽霊を見てるのかな？」舞が言った。

「馬鹿ね。川を見てるのよ」琴未が言った。

「さっきの停電、幽霊の仕業かもね」

舞がそう言った途端、貴子が「やめて！」と言った。

「どうしたの？」舞が訊いた。

「舞ちゃんって、クラスの男子みたい」貴子が言い、二人を置いて歩き出した。

舞がよく分からないという顔で、琴未の方を向いて下唇を突き出した。

琴未が「今日の貴子ちゃん、荒れてるね」と小声で言った。

智代が再び歩き出し、ナジャ病院前の横断歩道で県道を渡ってズンズンと歩き去って行った。

貴子は橋の上で二人を待っていた。

「舞ちゃん、さっきは御免」貴子が言った。

「全然気にしてないよ」舞が言った。

遠くの方で、車がぶつかるような音がした。

「何の音？」舞が言った。

「車が事故ったんじゃない？」琴未が言った。

三人は智代がそうしていたように、古義川を見下ろした。川面に反射したナジャ病院や信号の灯りが、落ち着きなくダンスを踊っていた。琴未がなかなか動こうとしないので、舞が「早くしないと智代を見失っちゃうよ」と急かした。

「どうせ幽霊なんていっこないわよ」貴子が言った。

三人は横断歩道を渡り、小走りになった。K市立斎場に差しかかった時、暗がりの中にK市営共同墓地の方へ向かってトボトボと歩く智代の後ろ姿が見えた。

K市立斎場の建物の中から、ジリジリという音が断続的に聞こえている。

「非常ベルかな？」舞が言った。

「昨夜、消防車が来たんだよ」琴未が言った。

「あの後で？」貴子が訊いた。

「うん、夜中に」

「あの後って何？」舞が二人に訊いた。

「昨日貴子ちゃんが家に遊びに来て、帰りに送って行く時にそこの墓地の中を二人で通ったんだ」琴未が言った。

「へー、幽霊いた？」

「いるわけな……」琴未がそう言いかけた時、三人はK市営共同墓地の中へと入って行く智代の姿を見て驚いた。

「一人で墓地に入って行ったよ！」舞が言った。

それは、臆病な性格の智代にはまるで似つかわしくない行動に思われた。

「幽霊に誘われて入って行ったんじゃない？」舞が言った。

「そういうのやめてって言ってるじゃん！」貴子が言った。

背の高い舞は、薄闇の中、また少しイライラし始めているような貴子を、やや蔑《さげす》むような目で見下ろした。

暫くの逡巡の後、三人は一塊になって、智代が消えていったK市営共同墓地の中へと入って行った。墓の中央の参道を行くと、赤い前掛けを垂らした地蔵が立っていて、その右側に公衆便所、左側に水場がある。琴未は、昨日は平然としていたのに今は酷く怯えているように見える貴子に、「大丈夫？」と声をかけた。

「うん」

地蔵の頭に生えた苔の模様に見入っている舞を尻目に、琴未は貴子に囁いた。

「生理は来たの？」

「まだ」貴子が小声で答えた。

「私もまだ」安心したように琴未が微笑んだ。

「智代ちゃん、どこに行ったんだろ」舞が言った。

智代を見失った三人は中央の参道をそのまま真っ直ぐに進み、突き当たりに達すると、そこから左右どちらの参道を行くべきか迷って互いの顔を見合わせた。

二十八

その日「海野機械房」のベルトコンベアが加熱して煙を上げ、点検のためにアルバイトの従業員はいつもより少し早く帰された。斎木俘実は「海野機械房」を出てからホームセンターに寄り、そこからだと地下道を通った方が早いと考え、まだそんなに暗くないこともあって墓地の前を通って帰ることにした。

「海野機械房」の何人かの従業員は「真・神塾」での「事件」のことを知っているようで、彼女を遠巻きにしてヒソヒソと噂話をしているような光景も何度か目にした。しかしそれは彼女の思い込みに過ぎず、目の前のベルトコンベアを流れてくる機械部品が思った以上に美しく組み上がった瞬間などに、本当は誰も「事件」のことなど知らず、それどころか「事件」そのものが実際はなかったのではないかという気がすることがあった。しかしこうして歩いていると、寒さも手伝って、ズボンの生地に擦れる両太腿や尻の擦過傷のまだどこかひり付くような感じが、否応なく「事件」のリアルさを甦らせた。

　持田優華とはその後全く連絡を取っておらず、恐らくこのまま二度と会うことはないと思われた。俘実は、そのようにして友達を失いながら、この先どんどんと孤独になっていくのが自分の宿命のような気がした。そんなこんなの自分の思いを、家族が寝静まった後でレポート用紙に書くことがあの合宿以来習慣化している。しかし書かれた言葉はどれも排泄物のようで、紙ごと口に入れて咀嚼し呑み下したいと思うことが度々だった。それでも破棄せずに残しているのは、自分の中から出た汚物の堆積物に打ちひしがれたいという奇妙な欲望のせいだったが、どうしてそんな欲望が自分の中にあるかはよく分からなかった。

地下道を通っている時、国道の方で車のクラッシュするような嫌な音がした。それは地下道の中で反響して、地球に罅《ひび》が入ったような音に聞こえた。

地下道から出ると、K市営共同墓地の周囲には既に闇が下りてきつつあり、暗い街灯がぼんやり灯っていた。彼女は周囲を見回した。傷だらけで古義川を下ってきたあの朝以来、気が付くと人目につかない場所を探しているのである。

K市はこの国のどこにでもある中途半端な町で、至る所に死角があった。

その死角に身を潜め、誰にも見付からずに息を殺していたいという願いが、時として彼女の心を捕らえて離さなかった。息詰まるような日々にあって、そういう場所でのみちゃんと呼吸出来る気がした。その場所は、すぐ傍に人がいるようなギリギリの死角でなければならず、そうであってこそ初めて、恐怖と恍惚の中で自分という邪魔な存在を消してしまえるような気がするのだった。俘実はあれから何度か、ナジャ病院の雑木林の下の古義川の川辺に下りて行った。しかしそこは思ったより死角が少なく、川のほとりに立って川面を眺めるのが精一杯で、大胆な行動に出ることは出来ないでいた。

足は自然に、K市営共同墓地の中へと向いた。

子供の頃に何度か入ったことのある墓地だったが、その頃の景色とは全く違って至る所に格好の死角を見出すことが出来、ここは死角の宝庫だと彼女は思った。

中央の参道を真っ直ぐに歩いて突き当たると、俘実は雇用促進住宅に近付く右側の参道を避け、迷わず左折した。左回りの参道を暫く歩くと、周囲の闇を集めてきたような真っ暗な場所に行き当たった。彼女は吸い寄せられるようにそこへと身を潜め、周囲の様子を窺った。もし誰かがこの参道を歩いてきても見付からないようにするためには、墓石の陰に潜むしかなく、彼女は腰を屈めたままキョロキョロしながら墓石の間を進んだ。そして、三百六十度のどこからも死角になるポイントを見付けると、その場にしゃがみ込んで息を殺した。家からこんな近い場所に絶好のポイントがあったことに、彼女は胸の高鳴りを覚えた。そして、ジャケットのジッパーに手を掛けた。

ジャケットとセーターを脱ぎ、アンダーシャツの襟首を引っ張ろうとした時、俘実はハッとして草食動物のように耳を欹てた。そう遠くない場所から、人の立てるような音が聞こえたのである。しかし彼女はアンダーシャツを脱ぐ手を止めなかった。そしてアンダーシャツを脱いでブラジャーも取り去った時、その音がまだ微かに聞こえていることに言い知れぬ興奮を覚えた。人に見付かるか見付からないかのギリギリのところを攻めつつ、死者のためにあるのか生者のためにあるのかよく分からないこの墓地という舞台で骨まで裸になってしまいたいと彼女は思った。そこにはまがい物でない本物の人間力獲得に対する、淡い期待があった。

中腰になってパンティストッキングのゴムに指を入れながら音のする方を見遣ると、俘実は五、六メートルほど離れた墓石の陰から突き出している白っぽい生き物が見えた気がした。それはすぐに墓石の裏に引っ込んでしまい、彼女がパンティストッキングを脱いだ後も現れることはなかった。猫かイタチかも知れないと思ったが、違う気がした。

俘実はパンティを脱いで全裸になり、脱いだ服とローヒールの靴とを、墓石の横に置いた。空気が冷たく、手で太腿を擦ると擦過傷痕に神経に障る痛みが走った。股間に指を入れると熱く濡れて糸を引いた。俘実は濡れた指を舐め、その指をまた股間に宛がって振動させつつ、冷たい土を踏みしめながら少しずつ音のしていた墓石へと移動した。

林立する墓石を一つ一つ通り過ぎる度に、生き物の気配が濃くなっていくのが分かった。

二十九

母との諍いで家にすら居場所がなかった時、服部隼人の足は、唯一この世に縁のない場所である共同墓地へと向かうのが常だった。服部隼人の父が眠る墓地は、公衆便所から十メートルほど離れた、中央の参道沿いにあった。その日の前日に父の墓に線香を上げに行った時、服部隼人は墓地に入って来た二人の女子小学生が公衆便所に入ってから出て行くまでを、墓の陰からずっと観察する機会を得た。それは何か見てはならないものを見ているような、見なければならないものを見る機会を与えられたような、興味深い時間だった。二人の女子小学生は、ずっと彼が探しているイキモノに近い何かを感じさせた。

そして彼は翌日、デジタルカメラを持って再びK市営共同墓地を訪れた。線香は焚かずに父の墓前にそっとしゃがみ込み、服部隼人は何かが起こるのをじっと待った。

辺りは暗くなりかけていた。

この場所でこれから、何か彼にとって意味のあることが起こるかも知れないという予感があった。

見上げると空はまだ明るかったが、墓地には肌寒さと共に闇が下りてきていた。

やがて、コートを羽織った一人の女が墓地の中へと入って来た。その女は公衆便所に入っていき、数分後にコートの胸元を押さえながら外に出てきた。顔ははっきりと見えなかったが、服部隼人はその女の佇まいに馴染みのあるものを感じた。コートの女は、中央の参道から左側の墓地エリアへと入って行った。自分の知っている女だと一旦は確信したものの、しかしそんな偶然があるだろうかと思い直し、彼はひたすら目を凝らした。驚くべきことに女は墓石の間を経巡りながら墓石を撫で回し、時に墓石に頬を寄せたりと、普通とは思えない行動を取った。

最初はその女に桜ちゃんを幻視したが、服部隼人は次第に、それが引きこもり民間支援団体「青い翼たち」の新しいスタッフではないかと思い始めた。名前は忘れたが、髪型と体型と身のこなしに見覚えがあり、そして何より、イキモノに似た雰囲気がコートの中から滲《にじ》み出ているような気がして惹き付けられた。彼はデジタルカメラのフラッシュをオフにして、夜間撮影モードで女の後ろ姿を何枚か撮影した。女は林立する墓石の向こうへと移動して行き、彼は一旦は腰を上げかけたものの思いとどまって腰を下ろし、女を追跡することはせずに父親の墓石の陰に身を隠したままじっとした。瞼の裏に、コートから伸びた女の白い脹脛がこびり付いていた。

途中、国道の方から車のぶつかる音が聞こえた以外は、二十分間ほど静かな時間が流れた。服部隼人はその間、自分が何を探しているのか、そして何から身を隠しているのかについて考えていたが頭が上手く働かず、結論は出なかった。彼は服の中に手を入れて、乾燥した肌を掻き毟った。そして立ち上がって周囲を見回した。墓地全体をすっぽりと闇が包み込み、公衆便所の中から弱い灯りが漏れている。

その時、ランドセルを背負った一人の女の子が、中央の参道から入って来るのが見えた。その太った女子小学生は、昨日見た二人のどちらでもなかった。見ていると太った女児は急に小走りになり、公衆便所の中へと駆け込んで行った。下校途中に尿意を催したものと思われた。やがてその後から、同じようにランドセルを背負った三人の女児がやって来た。彼女達は中央の参道を直進し、服部隼人の隠れている墓石のすぐ脇を通り過ぎて行った。服部隼人はドキドキした。背が高く大柄の女児は初めて見たが、他の二人は昨日公衆便所に入っていた女児に間違いなかった。彼は父の墓石から身を乗り出し、三人の後ろ姿をデジタルカメラで撮影した。

シャッター音は消音にしていたが、心の中では大砲のような巨大なシャッター音が鳴り響いた。

三人の女児は中央の参道の突き当たりに達すると、暫くキョロキョロと左右を見たり何か相談したりした後、左側へと曲がって行った。どうやら太った女児を探しているらしく、彼女達の知らない女児の行方を自分だけが知っていることに彼は恍惚となった。

服部隼人は腰を上げ、三人の後を付けた。

彼女達は果敢に闇の中へと突っ込んで行き、時に早足にもなって、随いて行くのに難儀した。やがて三人の姿が闇の最も濃い地点に没した時、「えっ！」という昨日も聞いた覚えのあるキンキン声を服部隼人は聞いた。彼は闇の中へと飛び込んだ。

最初は三人の女児の姿が壁となって見えなかったが、墓石の陰に回り込むとその光景が彼の目にも確認出来た。そこには二体の、地面に敷いた服の上に仰向けになって胸を露わにしているイキモノと、その上にうつ伏せになって覆い被さっているイキモノとがいた。

「出た！」

「幽霊よ！」

昨日の女児二人がそう叫び、「違う。人間よ！」と言う背の高い女児を引っ張ってその場から大急ぎで引き返して来た。その時、キンキン声の女児の膝が服部隼人の肩とぶつかり、女児は一瞬彼を見たが、そのまま走り去った。彼は急いでデジタルカメラを構え、手で顔を覆い隠した二体のイキモノに向けてシャッターを切った。しかし暗過ぎると分かり、ストロボを有効にしてもう一度シャッターを切った。闇の中に、白い二体のイキモノがくっきりと浮かび上がった瞬間、上に乗った若いのが服部隼人に飛びかかってきた。彼は咄嗟にその場から逃げた。すると背後から、幾つかの墓に敷かれた玉砂利が飛んできた。しかし玉砂利は周囲の墓石に当たっただけで、彼の体には当たらなかった。

言葉にならない女児達の叫び声と足音とが、墓地を離れて遠ざかって行くのが分かった。

ふと見ると公衆便所の前に太った女児が気を付けの姿勢で立っていて、服部隼人を凝視しながら震えていた。彼は乱れた長髪をかきあげ、友達に置き去りにされたこの太った女児に向けて優しく微笑みかけた。すると女児は、小さな悲鳴を上げてその場から転がるようにして逃げて行った。

それから服部隼人は墓地の敷地から出て、振り向きもせずに地下道を潜った。歩きながらデジタルカメラを何度確認しても、イキモノの姿は映っていなかった。映っているのはピントのずれた、二人の女の安っぽい裸の画像だけだった。

三十

十二月になって舞がカツオに告白し、二人が付き合うようになってから幽霊の噂が小学校を中心に急速に広まった。そしてＳＮＳに墓地で抱き合う二人の女の写真が匿名でアップされて以降は、斎木俘実と木村麻奈の名前まで特定されるようになり、木村貴子と斎木琴未はクラスの中で完全に孤立した。二人は舞がカツオに話し、カツオが面白がって噂を広めたと確信して舞と絶交した。

智代とも何となく気まずくなり、互いに口を利かなくなった。それ以後、一人で急に勉強に精を出し始めた智代を、貴子と琴未はたまに放課後に図書室で見かけることがあった。そんな智代を見て琴未が言った一言に、貴子は少し驚いた。

「友達と違って、勉強は裏切らないからね」

噂を無視出来なくなった母によって、斎木俘実は雇用促進住宅2号棟に暮らす金小林万作の前に引きずり出された。金子林万作は十九歳の俘実に懇々と、大人として踏み行うべき道を説いた。俘実には金子林万作の話が余りにも真っ当で、正論中の正論に思われて頭がおかしくなりそうだった。しかし一つだけ発見があった。それは、どこか自分と似たところのある母が、時として舞い上がりそうになる己の異常な欲望を引っ張り戻す碇《いかり》として、この謹厳実直な男を飼っているらしいということだった。金子林万作の話には息が詰まったが、この男の唯一の良い所は、俘実が馬鹿な行為をした理由を全く問い質してこないところだった。それは問うても仕方のないことだと、母との付き合いの中でこの男は思い知ったに違いないと彼女は思った。

ある日、木村家の三人がいつものように夕食のテーブルを囲んでいると、木村学が妻の麻奈に言った。

「順調？」

「ええ」

「何かあればいつでも……」

「大丈夫。分かってるわ。有難う」

麻奈は、学に顔を向けて微笑んだ。貴子はこの、いつもと変わらぬ両親の遣り取りを横目で眺めながら、音を立てずにスープを飲んだ。しかしいつもと違うことが一つあった。それは木村麻奈がその時俯いて、涙ぐんでいることだった。母のその表情に、貴子は悪夢の終わりを感じた。何もかもがそっと普通に戻るのだと、彼女は思った。

しかしその数日後の朝、トイレに向かう足裏に廊下のザラザラを感じた貴子は、前の晩遅く帰って来た母がキッチンでいつもの朝食を作っている後ろ姿に、限りない同情と抑え切れない腹立ちとを覚えた。

終業式の日の帰り、木村貴子と斎木琴未の二人は欲しいスイーツを物色しながら何事かを相談し合った後、ショッピングモールを出て県道を歩いた。そしてナジャ病院を通過し、Ｋ市営共同墓地内に入っていくと、互いの母と姉とが重なり合っていた場所を探した。

「ここだ」と貴子が言い、琴未が頷いた。二人はランドセルを下ろし、その場で、競い合うようにして着ている物を全部脱いだ。墓石の間を縫って吹きつけて来る風が、二人の肌を刺した。

「寒ーーーい！」琴未のキンキン声が周囲に木霊《こだま》した。

「こんなの絶対無理っ！」貴子も悲鳴を上げた。

「先に服着た方が奢《おご》るんだよ！」琴未が言った。

二人は約五分間寒さに耐えた後、ほぼ同時に大急ぎで服を着た。

そして雑木林を上り、ショッピングモールのフードコートまで駆け戻ると、それぞれのお金で買ったホットココアを飲みながら冷え切った体を温めた。琴未はズルズルと音を立てながら、貴子は無音で飲んだ。飲みながら二人は、自分の体の中に、これまでとは違う新しい血の巡りを感じた。

「この先ちゃんと生きていけるかなあ」ホットココアを飲み干した琴未が、口から湯気を吐きながらそう呟いた。

「ちゃんと生きても駄目に生きても、結局みんな灰になるんだよね」ショッピングモールを行き交う買い物客を眺めていた貴子が、そう答えた。

「そうだね」琴未は口をへの字に曲げた。

「だったらいっそ、ちゃんと生きないことにしない？」

貴子がそう言うと、琴未の目が見る見るうちに倍ぐらいの大きさになった。

「真理っぽくないけど」貴子が言った。
「そこがよさげ！」琴未が福笑いのような変顔で言い、二人はやがてどうしていいのか分からなくなって、紙コップをテーブルに置いたまま競うようにフードコートから走り去って行った。

「共同墓地で戯れる冬の妖精」と題して二人の裸の写真をアップした服部隼人は、児童買春・児童ポルノ禁止法違反で逮捕された。調べに対しては服部隼人は「今まで見た中で最もピュアなイキモノを世間に知らせる義務があると思った」と供述し、取調官の失笑を買った。

クリスマスの夜、K市営共同墓地の敷地内にあるマンホールポンプ場の発電設備が爆発し、爆風が墓地の墓石を襲い、幾つかの墓石が薙《な》ぎ倒された。内藤家の倒れた香炉の下からも、内藤暁と美佐代の遺灰が夜空へと舞い上げられ、何音階もの笛のような音と共に墓地一帯を巻き込んだ竜巻状の気流へと吸い込まれていった。それはあたかも、今という時を生きる人々がやがてそこへと戻っていくところの生命の川が、取りあえず死んだばかりの死者の魂を掻っ攫っていくというような、問答無用の、しかし名手術医の執刀にも似た、遠からず人類全体に及ぶに違いない名人芸に思われた。

本作は書き下ろしです。

この物語はフィクションであり、登場する人物および団体名等は実在するものと一切関係ありません。

吉村萬壱（よしむら・まんいち）

一九六一年、愛媛県松山市生まれ、大阪育ち。京都教育大学卒業後、東京、大阪の高校、支援学校教諭を務めた後、五十二歳で専業作家に。二〇〇一年「クチュクチュバーン」で第九二回文學界新人賞を受賞してデビュー。二〇〇三年「ハリガネムシ」で第一二九回芥川賞、二〇一六年『臣女』で第二二回島清恋愛文学賞を受賞。『バースト・ゾーン 爆裂地区』『ヤイトスエッド』『ボラード病』『虚ろまんてぃっく』『前世は兎』『流卵』『死者にこそふさわしいその場所』『CF』などの小説のほか、漫画『流しの下のうーちゃん』、エッセイ集『生きていくうえで、かけがえのないこと』『うつぼのひとりごと』『哲学の蠅』がある。

みんなのお墓《はか》

二〇二四年三月三十一日　初刷

著　者　吉村萬壱
発行者　小宮英行
発行所　株式会社徳間書店
〒一四一―八二〇二
東京都品川区上大崎三―一―一
目黒セントラルスクエア
電話（編集）〇三―五四〇三―四三四九
（販売）〇四九―二九三―五五二一
振替　〇〇一四〇―〇―四四三九二

本文印刷　本郷印刷株式会社
カバー印刷　真生印刷株式会社
製　本　東京美術紙工協業組合

ISBN978-4-19-865800-7